Desiderius Erasmus von Rotterdam

Gespräche des Erasmus

Ausgewählt, übersetzt und eingeleitet
von Hans Trog

Desiderius Erasmus von Rotterdam: Gespräche des Erasmus.
Ausgewählt, übersetzt und eingeleitet von Hans Trog

Erstdruck dieser Zusammenstellung: Jena, Diederichs Verlag, 1907.
Widmung: Prof. theol. Paul Wernle, Basel.

Neuausgabe
Herausgegeben von Karl-Maria Guth
Berlin 2016

Umschlaggestaltung von Thomas Schultz-Overhage unter Verwendung
des Bildes: Quentin Massys, Porträt des Erasmus von Rotterdam, 1517

Gesetzt aus der Minion Pro, 11 pt

Verlag: Henricus - Edition Deutsche Klassik GmbH
Mörchinger Str. 33, 14169 Berlin, info@henricus-verlag.de
Druck: Libri Plureos GmbH, Friedensallee 273, 22763 Hamburg

ISBN 978-3-8619-9630-9

Bibliografische Information der Deutschen Nationalbibliothek

Die Deutsche Nationalbibliothek verzeichnet diese Publikation in der
Deutschen Nationalbibliografie; detaillierte bibliografische Daten sind
im Internet über www.dnb.de abrufbar.

Inhalt

Zur Einführung

Holbein hat auf seinem berühmtesten Erasmus-Porträt den Mann bei seiner gelehrten theologischen Arbeit dargestellt: ganz geistige Konzentration und scharfer Verstand. Aber auch einen weltmännischen Zug hat er dem Gelehrten gegönnt: es ist eine Persönlichkeit, die selbst am Schreibpult sich nicht bequem gehen läßt; Erasmus ist peinlich sorgsam gekleidet, die Hand, die auf dem Papier liegt, schmücken nicht wenige Ringe. Wie man von Buffon erzählt, daß er zu seinem Schreibgeschäft jeweilen besondere Toilette gemacht habe, so erhält man vor diesem Porträt zum mindesten den Eindruck, Erasmus habe das Bedürfnis gefühlt, seine elegante Latinität mit seinem Äußern in stilvolle Harmonie zu bringen. Nicht nur einen großen Gelehrten, auch einen aristokratisch empfindenden Menschen haben wir vor uns. Und doch: gibt uns dieses Bildnis den ganzen Erasmus? Wenn man ihn da so in seine Arbeit versunken sieht, als existiere keine Außenwelt für ihn, so möchte man denken, diesem Manne sei die ruhige Abgeschiedenheit der Studierstube das höchste Ideal, die Berührung mit der Außenwelt wenigstens eine unangenehme Störung, wenn nicht eine eigentliche Widerwärtigkeit gewesen. Und das wäre dann doch ein Irrtum, eine Verkennung des Erasmus; etwa wie wenn Herder einmal in den Fragmenten von Erasmus als dem feinsten Pedanten spricht, den vielleicht die Welt gesehen – und das deshalb, weil er Luther, dem Erwecker der deutschen Sprache, schuld gab, er täte der lateinischen Sprache Abbruch. Nein: diese feinen Augen, die so andächtig dem Schreibrohr folgen, als wenn die Paraphrase des Markusevangeliums das Wichtigste in der Welt wäre, diese Augen halten außerhalb des Studierzimmers schärfste Umschau, und nichts entgeht ihnen, weil alles sie interessiert; und der Lust am Beobachten entspricht die Fähigkeit, das Beobachtete frisch und lebendig zu schildern, ohne allen Schulstaub, mit einem ausgesprochenen Sinn für das Spannende und Dramatische der Situationen, zugleich mit spöttischem Behagen, da, wo es Verkehrtheiten und Torheiten lächerlich zu machen gilt, mit temperamentvollem Hohn, ja unter Umständen mit aufwallendem Zorn, wenn Verderbtheit von Menschen und Einrichtungen oder freche Anmaßung an den Pranger zu stellen sind. Dieselbe zierliche, gepflegte Hand, die die Resultate scharfsinniger, fleißiger gelehrter Studien fixierte, hat das Lob der Narrheit niedergeschrieben, Briefe zu den interessantesten Feuilletons ausgestaltet und aus einem Übungsbüchlein für lebendige, flüssige Latinität eine Unterhaltungsschrift hohen Ranges gemacht, voll persönlicher lebendigster Anschaulichkeit, praktischer Lebensweisheit, glücklichen Witzes, souveräner Satire. Wir sprechen von den Colloquia. Wie oft mag es bei ihrem Niederschreiben in den Winkeln des scharf- und feingeschnittenen Mundes lustig gezuckt haben!

Ein erstaunlich großes Stück Welt ist in den Rahmen dieses Gelehrtenlebens getreten, und Erasmus hat sich an seiner bunten Fülle ergötzt, als an einem nachdenksamen und vergnüglichen Schauspiel. Mag er sich auch dann immer wieder nach Stille und Ruhe gesehnt haben, im Grunde war ihm die Berührung mit der Außenwelt, mit unterrichteten, anregenden Menschen ein Bedürfnis, sein Geist brauchte den Austausch mit anderen Geistern; das Dialogisieren, sei's im persönlichen Verkehr, sei's in Briefen mit anderen, war ihm eine Lebensbedingung. Kein Wunder denn auch, daß sich ihm seine Unterweisungen in der leichten, gefälligen Handhabung des lateinischen Ausdrucks wie von selbst in lebendige Gespräche verwandelt haben. Erasmus muß in Gesellschaft ein entzückender Causeur gewesen sein. Man spürt seinen Schilderungen von Konvivien (bei denen freilich Essen und Trinken stets eine Nebenrolle spielen) förmlich an, wie wohl und behaglich ihm im Kreise geistig beweglicher, zu ernsthafter Diskussion wie zu Scherzrede aufgelegter Menschen zumute war. Nihil jucundius quam cum serio tractantur nugae heißt es im Convivium fabulosum, wo die Bedingung der Konversation dahin lautet, daß keiner etwas anderes vorbringe als lustige Geschichten, und einige dieser Geschichten machen denn auch von diesem Vorrecht der Lustigkeit reichlichen Gebrauch. Wo der Geist sich frei und ungezwungen tummeln kann, da ist es Erasmus wohl, aller Zwang ist ihm verhaßt. Das Bedürfnis nach individueller Freiheit ist wohl die stärkste Triebfeder seines ganzen Lebens gewesen. Freilich niemals im Sinne der Schrankenlosigkeit. Er ist nie der Sklave seiner Triebe geworden. Wieland, der mit schöner Gerechtigkeit im Jahre 1776 ein »Fragment« über den Charakter des Erasmus von Rotterdam niederschrieb, hat die Geistesart des Mannes sehr hübsch geschildert: Horaz und Terenz wurden, sobald er sie kennen lernte, seine Lieblingsautoren. (Ille poetarum acutissimus nennt er einmal in den Kolloquien den Horaz.) – Und da diese beiden (und bald kam auch Lucian dazu, das Triumvirat voll zu machen) seinem Geiste die erste

Bildung gaben – was Wunder, daß bei einem Subjekt von so zarten Sinnen die Formen, so sie ihm eindrückten, unauslöschlich blieben? Daß die Horazische aurea mediocritas (die mit der Sokratischen σωφροσύνη) eins ist) d. i. die Liebe zu allem Gemäßigten, Ruhigen und sanften Schönen in der Natur und im Leben, und die so nahe damit verwandte Menandrische Grazie und Urbanität, und die Lucianische Feindschaft gegen alle falsche Prätension, alles Überspannte, gegen Platonische praestigias und stoisches supercilium (Wieland entnimmt diese Ausdrücke einem Briefe des Erasmus) charakteristische Grundzüge seines Geistes, seiner Sitten, seiner Sinnes- und Lebensart und somit auch seiner Schriften wurden? Und wie natürlich also, daß Erasmus, so organisiert, so gebildet, mit dieser Lebhaftigkeit und Feinheit des Gefühls und Witzes, mit dieser jovialischen Gemütsart, die ihn auch in seinem Umgang zum liebenswürdigsten Gesellschafter machte, mehr Lust hatte – Komödie als Tragödie zu spielen?

So Wieland. Über die germanica severitas macht sich Erasmus gelegentlich lustig. Alles Schwerflüssige und Schwerblütige ist seiner Natur entgegengesetzt. Er hat etwas von der leichten französischen Grazie. Nicht daß er in seinem Leben das Ernste nicht ernst genommen hätte; aber warum sollte sich die Diskussion über derartige Fragen nicht maßvoll und ruhig bewegen können, warum die Prinzipien immer auf die schärfsten, intransigentesten Kontraste gestellt werden? Ließ sich mit den Waffen einer überlegenen Logik und einer spitzen, treffenden Satire nicht am Ende ebensoviel erreichen, als mit einer wuchtigen Schroffheit, welche jeden Vergleich ablehnte und ausschloß und damit statt des Übergangs von einem schlechten Alten zu einem besseren Neuen nur den radikalen Bruch mit dem Bestehenden erzielte und hierdurch den erbitterten Kampf heraufbeschwor? Dieser Sinnesweise des Erasmus begegnet man auch in den Kolloquien auf Schritt und Tritt.

Sehen wir uns nun in dieser Schrift des Erasmus näher um. Zunächst ein Wort über ihr Entstehen und Wachsen. 1518 wurden in Basel die Familiarium colloquiorum formulae gedruckt. Beatus Rhenanus war ihr Herausgeber; erst zur Ausgabe von 1519 hat Erasmus selbst die Vorrede geschrieben. Es handelt sich um eine Sammlung von lateinischen Wendungen für alle möglichen Verrichtungen des täglichen Lebens: Gruß-, Bitt-, Frage-, Dank-, Befehls- und Empfehlungsformeln, dann um Beispiele für schwierige Konstruktionen. Lebhafte Dialoge entwickeln sich etwa bei den Redensarten für Kauf und Verkauf, und auch die Schimpfwörter kommen da zu ihrem Rechte. 1522 folgte dann, da das Büchlein unerwartet großen Beifall gefunden und Erasmus sich genötigt sah, sich desselben eifriger anzunehmen, eine neue, stark vermehrte Ausgabe. Sie führt den Titel: Familiarium colloquiorum formulae per Desid. Erasmum Roterodamum, multis adjectis non tantum ad linguam puerilem expoliendam utilibus verum etiam ad vitam instituendam apud inclytam Basileam in aedibus Joann. Frobenii anno MDXXII. Diese Ausgabe schien Erasmus würdig zu sein, dem sechsjährigen Söhnlein des Johannes Froben, Johannes Erasmius, dem Patenkind des Erasmus, gewidmet zu werden. In der Dedikation heißt es u. a., er habe dafür gesorgt, daß das Büchlein den Knaben nicht nur in das Latein einführe, sondern ihn zugleich zum Erfassen der Elemente der Frömmigkeit hingeleite. Sehr artig ist, wie Erasmus schreibt, es habe ihm einige Tage lang, während deren er sich in seiner Schreibweise dem jugendlichen Alter des Froben-Knaben habe anpassen müssen, geschienen, wieder selbst ein Kind zu werden. Diese Ausgabe von 1522 enthält nun bereits eine Anzahl auch inhaltlich interessanter Gespräche, nicht bloße Rede- und Ausdrucks-Formeln. Mitten unter den Formulae finden wir kleine Dialoge, die gewisse Lieblingsthemata des Erasmus, mehr präludierend noch, in Angriff nehmen: die Torheit der Wallfahrten in weit entfernte Länder, die Nichtsnutzigkeit des Soldatenstandes, die Frage der Indulgentien, das Kapitel vom Fasten und Beichten. Von großen Stücken enthält sodann diese Ausgabe das umfangreiche Convivium religiosum, sowie das Gespräch zwischen Pompilius und Brassicanus de incomparabili Heroe Joanne Reuchlino in divorum numero relato, bekannter unter dem Titel Apotheosis Capnionis. Reuchlin war am 30. Juni 1522 gestorben. Der Dialog muß unmittelbar nach dessen Tod entstanden sein, nachdem bereits die Dedikation der Ausgabe abgefaßt war. Das Büchlein fand in dieser Gestalt sofort weiteste Verbreitung. Es hatte bald auch seine besonderen Schicksale. Aus einer Koronis des Erasmus, einem Schlußschnörkel zu der Ausgabe von 1524, erfahren wir, daß die Kolloquien – Familiarium colloquiorum opus lautet von nun an der Titel – in Paris nachgedruckt worden waren, und zwar mit willkürlichen Änderungen des Textes. Erasmus nahm sich diesen Sykophanten vor, einen Dominikaner aus Sachsen.

Auch hier hebt Erasmus den Doppelzweck seiner Kolloquien hervor: sie sollen nicht nur der Ausfeilung des Stils und dem Vergnügen der

Lektüre dienen, sondern auch zur Bildung der Sitten beitragen. Bissig fügt er bei: solange das Büchlein nur meras ineptias, bloße Spielereien, enthielt, sei es mit allgemeiner verwunderlicher Gunst gelesen worden, sobald aber ein reicherer Nutzen hinzugekommen sei, habe es den Bissen der Verleumder nicht entgehen können. Zuerst war ein Theologe aus Löwen gekommen – aus dem streng orthodoxen Löwener Professorenkreis stammte bekanntlich auch Papst Hadrian, der 1522 den Stuhl Petri bestieg –, und dieser Löwener Theologe hatte allerlei schlimme Verdächtigungen gegen die kleinen Dialoge über das Fasten und Beichten und die Gelübde in Umlauf gesetzt, was die Entrüstung des Erasmus in solchem Grade erregte, daß er an die Löwener Theologen ein besonderes Sendschreiben gerichtet hat, als Apologetik der in Frage kommenden Äußerungen in den Dialogen. Man darf, auch ohne dem Ansehen des Erasmus zu nahe zu treten, behaupten, daß diese Apologetik – was ja bei Apologetiken keine Seltenheit ist – auf ziemlich schwachen Füßen läuft. Eins läßt sich freilich hören, daß er nicht für jedes Wort, das eine der Personen im Dialog äußert, verantwortlich gemacht sein, sondern unterschieden wissen will, wer in jedem einzelnen Falle der Sprechende ist, und aus welcher Situation heraus er spricht. Fatal ist nur, daß in dem hauptsächlich inkriminierten Dialog von der pietas puerilis, der kindlichen Frömmigkeit, der Interpellator des Jünglings den Namen Erasmus führt, und daß dieser Erasmus zu den ziemlich altklugen Ansichten des jungen Gaspar über Fasten und Beichte und Klosterleben sich zustimmend verhält, ihm u. a. seine Freude darüber ausspricht, quod sis sic religiosus, ut tamen superstitiosus non sis – daß du so fromm bist und dabei doch nicht abergläubisch –, und den frommen Knaben als seinen Lehrmeister in all seiner religiösen und sonstigen Einsicht den integerrimus vir Joannes Colet nennen läßt, d. h. also den intimen Freund des Erasmus, den gelehrten Dekan von St. Paul, der mit Thomas Morus die wertvollste wissenschaftliche Bekanntschaft des Erasmus in England bildete.

So erwuchsen den Kolloquien gleich von Anfang an mancherlei Feindschaften, und sie wurden natürlich nicht weniger an Zahl, als mit den folgenden Auflagen der Schrift manche neue Dialoge hinzukamen, die den Zorn der theologischen Herren reizen mußten. Mit der Ausgabe von 1534 hatte die Sammlung diejenige Gestalt erhalten, in der wir sie heute kennen. Im Juni 1526 verfaßte Erasmus selbst in Basel die Auseinandersetzung De utilitate colloquiorum ad lectorem, das Schreiben an den Leser über den Nutzen der Gespräche. Er durchgeht hier fast sämtliche Dialoge der damaligen Sammlung, indem bei jedem der Zweck angegeben wird, den ihr Autor mit ihm verfolgte, und, wo es nötig ist, auch die Einwände ihre Widerlegung finden, die gegen einzelne Gespräche erhoben worden sind. Man wird dieses Schriftstück mit Interesse lesen. Mit Entschiedenheit betont hier Erasmus zunächst seinen pädagogischen Gesichtspunkt, den er auch sonst in allen seinen Schriften und Äußerungen über Unterricht geltend gemacht hat: man muß den Kindern das Lernen nicht zur Qual, sondern zum Vergnügen machen. Das zarte Alter wird leichter durch Ergötzliches, als durch Ernsthaftes und Erzwungenes geleitet; und ein anderes Wort: haud scio an quidquam discitur felicius quam quod ludendo discitur – ich weiß nicht, ob irgend etwas erfolgreicher gelernt wird, als was spielend gelernt wird.

Des Erasmus Verdienste um die Pädagogik hat ein Engländer, Woodward, Professor der Pädagogik an der Universität Liverpool, in einer knappen Schrift: Desiderius Erasmus concerning the aim and method of education (1904) umsichtig dargestellt.

Doch kehren wir zu des Erasmus Auslassung über den Nutzen seiner Kolloquien noch einen Augenblick zurück. Er erblickt den sittlichen Nutzen vor allem darin, daß sie den Knaben schon die Augen öffnen über das, was zum gemeinen Leben gehört. Es sei ein Teil der rechten Klugheit, die törichten Begierden und die absurden Ansichten des Volkes, des vulgus, zu kennen. »Ich meine: diese (d. h. die Begierden und törichten Ansichten) lerne man ersprießlicher aus diesem Büchlein als durch die Erfahrung, die Lehrmeisterin der Toren. Für viele sind die Lehren der Grammatik eine bittere Pille. Die Ethik des Aristoteles ist nicht für Knaben geeignet, die Theologie des Scotus noch weniger (nicht einmal – fügt Erasmus, der dem Scotus, wo es nur geht, eins abzwickt, bei – für Männer ist die Theologie des Scotus besonders nützlich, um ihnen eine gute Sinnesart beizubringen); und doch ist es wertvoll, daß schon den zarten Seelen der Geschmack für die besten Dinge eingepflanzt werde. Das ist aber doch die heiligste Art des Betrugs, wenn man durch Täuschung einem eine Wohltat erweist. Die Ärzte werden gelobt, welche in dieser Weise die Kranken täuschen. Hätte ich in diesem Büchlein nur meinen Scherz getrieben, so würden sie alle das gebilligt haben; da ich aber jetzt neben der sprachlichen

Unterweisung auch einiges eingestreut habe, was den Geist zur Religion erziehen soll, da verleumden sie mich.«

Und nun, um die Nichtigkeit aller Einwände darzutun, durchgeht er seine Kolloquien. Einiges Wenige davon sei auch hier hervorgehoben. Gegen den Dialog des Freiers und der Jungfrau war der Vorwurf der Laszivität erhoben worden. Erasmus ist entrüstet darüber; nichts Keuscheres gebe es, denn nur von den wichtigsten Dingen, von dem Ernst der Eheschließung, dem Wert der Ehe usw., sei hier die Rede; und er schließt höhnend: und die, welche diese Lektüre wegen der Laszivität als schädlich für Knaben erachten, dulden, daß diesen Plautus und die Fazetien des Poggio vorgelesen werden. Wir dürfen hier eine allgemeine Bemerkung anfügen. Auch heutzutage noch gibt es Leute, welche gegen die Kolloquien des Erasmus Vorwürfe in bezug auf ihre Verstöße gegen die Sittlichkeit oder die gute Sitte erheben. Bei gelehrten protestantischen Theologen kann man auf solchen scharfen Tadel stoßen. Erasmus würde diesen Vorwurf nicht verstanden haben. Zu seiner Zeit sprach man nun einmal von sexuellen Dingen mit einer natürlichen Offenheit, über deren Verschwinden wir uns doch wohl besser nicht allzusehr freuen sollten, besonders da wir den Nutzen kaum nachzuweisen vermöchten. Gewiß: wir würden heute in einem Buch zu Schulzwecken – und diese Aufgabe der Kolloquien läßt Erasmus selbst ja nie aus dem Auge – eine ganze Anzahl dieser Dialoge unter keinen Umständen dulden. In der Vorrede zu der artigen Auswahl von zwanzig kleinen Dialogen des Erasmus, die der Oberlehrer Dr. Kersten vor wenigen Jahren in Leipzig für Gymnasien hat erscheinen lassen, steht denn auch ausdrücklich zu lesen, daß viele Stellen in den Gesprächen durchaus ungeeignet für Schüler seien, und der Herr Oberlehrer läßt demgemäß diese »unpassenden« Stellen aus, wie er andrerseits auch das »recht schlechte« Latein des Erasmus »verbessert«. Mit dieser veränderten Auffassung dessen, was für die Schullektüre heute als passend erachtet wird und was nicht, ist nun aber keineswegs gesagt, daß Erasmus mit seinen Dialogen die Geschäfte der Frivolität, ja der Unzüchtigkeit besorgt habe. Für ihn waren diese naturalia eben nicht turpia. Daß er, der ehemalige Mönch, eine ziemlich starke Kost in erotischen und sexuellen Dingen ertragen konnte, wird kein Leser der Kolloquien leugnen wollen; er kann gelegentlich an völlig unerwarteten Stellen zu Vergleichen aus dem Geschlechtsverkehr greifen, die gewiß auch durch andere zu ersetzen gewesen wären. Daneben aber wirkt es wieder geradezu befreiend, mit welcher eindringlichen Deutlichkeit er z. B. auf die Gefahr der venerischen Erkrankung mit all ihren furchtbaren Folgen hinweist. Man fängt heute auch in deutschen Landen an, die Wichtigkeit dieser Warnung einzusehen und der Geheimnistuerei den Abschied zu geben; es ist nicht zu früh, vierhundert Jahre nach Erasmus.

Ein Dialog ist betitelt: Der Jüngling und das Freudenmädchen. Erasmus rühmt diesem Stück nach: et lupanaria facio casta (er mache hier auch die Freudenhäuser keusch): sein Jüngling, in der Rolle des schlimmheiligen Vitalis, sucht eine Bekannte von früherher in dem Hause auf – sie heißt witzigerweise Lucrezia – und weiß sie durch gute Worte und eindringliche Mahnungen dazu zu bringen, das Haus der Sünde zu verlassen. Die Bußpredigt des Jünglings wirkt etwas bläßlich, und an der anhaltenden Besserung des Mädchens darf man vielleicht zweifeln; amüsant ist jedenfalls, daß gerade in diesen Dialog Erasmus sich selbst verwoben hat. Die Lucrezia fragt den Jüngling, wie es komme, daß er nicht wie die anderen, die in Rom gewesen waren, schlimmer heimgekommen sei, als er hingegangen? Da erzählt ihr der Jüngling, er sei mit einem braven Manne gereist, auf dessen Rat er ein Büchlein mit sich getragen habe: das von Erasmus ins Lateinische übertragene Neue Testament. Daraufhin ruft die unkeusche Lucrezia aus: »Von Erasmus? sie sagen, er sei ein anderthalber Ketzer (sesquihae-reticum). Ja, wirft der Jüngling ein, ist denn der Name dieses Mannes bis hierher gedrungen? – Ei freilich, keiner ist berühmter bei uns. – Hast du denn den Mann schon gesehen? (man denke, diese naive Frage!) – Nein, niemals, aber ich möchte den gerne sehen, über den ich schon so viel Schlimmes hörte. – Das hast du wohl von schlechten Menschen gehört? – O nein, sondern von verehrungswürdigen Männern. – Von was für welchen? – Das kann ich nicht sagen; wenn sie es wieder erführen, so könnte mir kein geringer Teil meines Erwerbs verloren gehen. – Sag's nur, bei mir ist das Geheimnis wohl aufgehoben. – (Sie sagt es ihm ins Ohr.) – Mein Himmel, du bist ja eine fromme Hure, da du Bettlern Almosen gibst. – Oh, ich verdiene von diesen Bettlern mehr als von Euch Reichen. – Ja, ja, sie rauben es braven Matronen, um es in die Hände von schlechten Weibern auszugießen.« Kein Zweifel, daß unter den mendici Erasmus seine Spezialfreunde, die Bettelmönche, meint, deren Nichtsnutzigkeit zu brandmarken er ja nie müde wird.

Der apologetische Kommentar, den Erasmus seinen Kolloquien gewidmet hat, bot Gelegenheit, einiges hier vorweg zu behandeln, was später noch zur Sprache hätte kommen müssen. Bevor wir uns nun aber des genauern den Gesprächen zuwenden, sei noch kurz hervorgehoben, daß diese Schrift des Erasmus sofort überall herum die weiteste Verbreitung gefunden hat. Nur ein Beispiel: schon im Herbst 1527 schreibt aus Burgos Juan Maldonado an Erasmus, eine spanische Übersetzung der Kolloquien sei in den Händen jedes Mannes und jeder Frau. Die spanische Inquisition hat sich denn auch bald liebevoll mit den Schriften des Erasmus beschäftigt, und Karl V. konnte es nicht hindern. Aus dem 16. Jahrhundert kenne ich eine einzige deutsche Übersetzung von 1545, und diese bringt nur 15 Gespräche. In den folgenden Jahrhunderten sind dann auch vollständige deutsche Übersetzungen hervorgetreten. Eine solche, die wohl der lieben Schuljugend die Präparation erleichtern sollte, ist Ende des 17. Jahrhunderts, in zweiter Auflage 1705, in Berlin erschienen. Sie hat einen westfälischen Diener am göttlichen Wort, Friedr. Romberg, zum Urheber und ist von einer hölzernen Pedanterei ohnegleichen. Auch französische und englische Übertragungen liegen vor. Develay, der feine französische Übersetzer von Petrarcas »Geheimnis«, gab bei Flammarion ausgewählte Kolloquien, zwölf an der Zahl, sämtlich kleineren Umfangs, heraus, die sich fließend lesen. Develay hat dabei den Weg eingeschlagen, der für jede Übertragung dieser Dialoge doch wohl der einzig richtige ist: er verzichtet auf eine strenge Nachbildung des erasmischen Ausdrucks, der ja den pädagogischen Zweck lateinischer Stil- und Redeübungen nirgends aus dem Auge verliert, und sucht dafür den Inhalt und Fluß der Gespräche dem modernen Leser möglichst leicht zugänglich und eindrücklich zu machen.

Erasmus hat sich, wie man weiß, zeitlebens in allen seinen Schriften der lateinischen Sprache bedient; auch für seinen mündlichen Verkehr, soweit dies anging, hat er dies getan. Daß er freilich im täglichen Leben nicht ganz ohne die lebenden Sprachen auskam, ist selbstverständlich; bis auf einen gewissen Grad mußte er doch wohl, abgesehen vom Holländischen, seiner Muttersprache, des Deutschen und Französischen mächtig sein. Daß er das Englische sich nicht angeeignet hat, weiß man aus der Urkunde, durch die ihm sein Gönner, der Erzbischof Warham von Canterbury, eine lebenslängliche Pension zuerkannte als Ersatz für die Erasmus übertragene Pfarrei in Aldington, welche er eben als der »einheimischen Sprache unkundig« nicht versehen konnte. In bezug auf das Französische findet sich eine artige Stelle in einem kleinen Gespräch, das sich unter den Formulae findet: Bist du stark im Französischen? fragt da Claudius den Balbus. – So ziemlich, antwortet dieser. – Wie hast du es gelernt? – Bei keinen stummen Lehrern. – Bei welchen? – Bei Frauenzimmerchen (mulierculae, man müßte es übersetzen mit petites femmes), die gesprächiger sind als Turteltauben. – Allerdings, meint Claudius, bei diesem Spiele lernen wir leicht. Eine Praxis, die auch heute noch sich als probat erweisen soll. – Völlig wohl war es Erasmus jedenfalls nur dann, wenn er sein geliebtes Latein sprechen konnte. Er handhabt es denn auch wie eine lebende Sprache, und er drückt sich darin mit einer Leichtigkeit und Lebhaftigkeit aus, die erstaunlich ist. Er fühlt sich offenbar niemals im Ausdruck dessen, was er sagen will, irgendwie verlegen. Sein Latein ist frei von aller korrekten Pedanterie, es fällt ihm auch nicht ein, irgend einen bestimmten Stil nachzuahmen. Vor allem nicht etwa den Stil oder den Sprachgebrauch Ciceros, wie er sich in dessen Reden und Traktaten findet (zum Unterschied von Ciceros Briefstil): die strengen Ciceronianer sind für Erasmus ein Gegenstand des Gelächters. Er hat ihnen Ende der 1520er Jahre den Dialogus Ciceronianus gewidmet. In den Kolloquien findet sich in dem »Das Echo« betitelten Dialog ein lustiger Passus: Da sagt der Jüngling: Schon zehn Jahre habe ich mich abgemüht in Cicerone. Das Echo antwortet auf griechisch: One (o Esel!) – Wie kommst du dazu, mich Esel zu nennen: dicere. Das Echo: e re (weil du einer bist). – Willst du vielleicht sagen, ich sollte mich dem Cicero nicht in solcher Weise widmen, daß ich die anderen beiseite lasse (relinquam)? Echo: inquam (das meine ich). – So gefällt dir denn der nicht, der sein ganzes Leben lang nur sich damit quält, daß er werde Ciceronianus? Das Echo antwortet wieder griechisch: Anous, er ist ein Tor.

Der Wortschatz des Erasmus ist ein ungemein großer; man merkt, daß ihm die gesamte lateinische Literatur völlig geläufig ist; auch seltene Wörter, eigentliche Hapaxlegomena findet man. Er scheut sich dann aber auch nicht, neue Wortbildungen, so z. B. den Ausdruck snaphanus (Schnapphahn), zu gebrauchen. Wie gesagt: Erasmus bewegt sich in seinem Latein völlig frei und ungezwungen. Seine Kolloquien haben von Schulstaub sozusagen nichts an sich. Meistens sind es zwei Personen, die miteinander konversieren; nur selten bringt er mehrere Personen auf die Beine; dies geschieht hauptsächlich dann, wenn er ein Konvivium schildert. Wie es im täglichen Gespräch auch zu geschehen pflegt, irrt die Rede hin und wieder vom Thema ab und verbreitet sich über Nebendinge; doch wird der Weg zur Hauptsache zurück stets gefunden. Hie und da fällt Erasmus auch aus der Rolle und läßt seine Personen Dinge sagen, die ihrem Charakter wenig angepaßt sind. Im großen ganzen aber darf man den Kolloquien Natürlichkeit und Ungezwungenheit des Dialogs nachrühmen.

Die Stücke, die das Buch bilden, sind an Ausdehnung sehr verschieden. Die ausführlichsten sind diejenigen, auf denen ein besonderer Akzent der Wichtigkeit liegt: so das Convivium religiosum, die Wallfahrt, der Dialog vom Fischessen, das Seraphische Leichenbegängnis, der Epicureus. Wir wollen bei ihnen, da sie einige Hauptprobleme behandeln, zunächst stehen bleiben.

Das fromme Gastmahl führt uns nicht etwa diskutierende Geistliche, sondern eine Anzahl verheirateter Laien vor, die zu einem Freunde vor die Stadt in dessen hübsches Landgütchen gekommen sind und dort bei einfacher Verköstigung sich unterhalten. Erasmus hat selbst als Zweck dieses Gespräches angegeben, er habe hier zeigen wollen, wie überall in der Christenheit solche Konvivien beschaffen sein sollten. Reizend ist die Schilderung des Landgütchens mit seinen Gartenanlagen, mit seinen Malereien an den Wänden der Umgänge um den Garten herum, mit seinen Ausblicken auf die freundlich grüne Landschaft. Man sieht, wie Erasmus für ein solch ländliches Idyll den regsten Sinn hatte. Die Malereien im Haus verfolgen dabei durchaus den Zweck der Belehrung; sie dienen gleichsam dem Anschauungsunterricht; sie stellen dar: Bäume, Pflanzen, Tiere des Festlandes und des Wassers; daneben findet man Darstellungen aus der heiligen und der profanen Geschichte als erbauliche und mahnende Exempel zu frommem Lebenswandel. Ferner Porträte der Päpste und der Kaiser. Dann lernen wir die Bibliothek, das Studierzimmer, das Kapellchen des Mannes kennen. In dieser beschaulichen und anregenden Umgebung wird nun konversiert über alles Mögliche. Einer hat die Paulinischen Briefe in kostbarem Einbande bei sich, und es wird nun über Stellen in diesen debattiert. Auch Worte Christi werden erwogen. Dann kommt das Gespräch auf die profanen Schriftsteller des Altertums: es stehe in manchen von ihnen, auch in den Dichtern, soviel Reines und Göttliches, daß sie beim Schreiben dieser Sachen doch wohl von einem guten Geiste geleitet sein mußten. Den ganzen Scotus, meint einer, würde er an den einzigen Cicero drangeben. Scotus mache nur streitsüchtiger und lasse das Gemüt kalt, Cicero mache den Leser besser. Und vollends dann ein Sokrates! »Wenn ich etwas von solchen Männern lese, da kann ich mich kaum enthalten zu sagen: Sancte Socrate, ora pro nobis, Heiliger Sokrates, bitt' für uns!« Gegen die Sakramente und Riten der christlichen Kirche lasse sich im Prinzip nichts sagen: »aber ich verdamme gewisse gottlose und abergläubische oder, um es glimpflicher zu sagen, gewisse einfältige und ungelehrte Menschen, die da das Volk lehren, auf diese Dinge seine Zuversicht zu setzen mit Beiseitelassung dessen, was uns wahrhaft zu Christen macht.« Hinten und vorn stecke das Christenvolk in Zeremonien drin. Was nur immer gesalbt wird, von der Taufe an bis zum Tod. Ein scharfes Wort fällt dann auch gegen die übertriebene Pracht in den Kirchen. Als Beispiele werden genannt das Grab des Heiligen Thomas in Canterbury – ein Thema, das Erasmus dann in der Peregrinatio weiter ausgeführt hat – und die Certosa bei Pavia, »der Tempel aus weißem Marmor«, und auch im Innern sei alles von diesem Gestein. Das sei nichts nütze. Das Geld für solche Prachtbauten würde besser für die Armen verwendet werden. Zudem sei es auch für das beschauliche Leben der Kartäuser nicht gut; denn durch die vielen Besucher, welche die Neugierde herlockt, würden sie nur belästigt. Ästhetische Gesichtspunkte gibt es für Erasmus hier nicht, wie denn auch, um dies im Vorbeigehen zu bemerken, die bildende Kunst ihm nur wenig zu sagen hatte. Selbst einen Holbein hat er nur deshalb geschätzt, weil er sich von ihm am besten porträtiert fand, was denn freilich seinem Urteilsvermögen auf diesem Gebiete alle Ehre macht. – Über dem frommen Gastmahl ist wie ein feines Parfüm jener echt erasmische Geist ausgebreitet, der in der innigen Verbindung von christlichem Wesen mit einem freien Humanismus das Lebensideal erblickte.

Ein Prachtstück unter den Kolloquien ist das Gespräch vom Wallfahren. Hier gibt sich der Spott über die törichten weiten Pilgerfahrten und die Verehrung der merkwürdigsten, unter Umständen unappetitlichsten Reliquien ein wahres Fest. Wir haben den Dialog unserer Auswahl eingereiht. Unter der Virgo Parathalassia ist die Muttergottes von Walsingham gemeint, und der Begleiter des guten Ogygius beim Besuch der Reliquien des heiligen Thomas von Canterbury, der gelehrte und fromme Engländer Gratianus Pullus ist niemand anders als Colet

selbst, der des Erasmus Gefährte bei seinem Besuch der alten Bischofs-
stadt gewesen war. (Vergleiche Anmerkung Seite 107/108.)

Der umfangreichste Dialog der Sammlung, die Ichthyophagia handelt,
wie der griechische Titel verrät, vom Fischessen. Den Dialog führen
ein Fischhändler und ein Metzger, zwei ungeschlachte Kerle, die dann
aber im Verlauf des Gesprächs auf fast spitzfindige theologische Kon-
troversen geraten. Plausibel sucht das Erasmus dadurch zu machen,
daß der Metzger hin und wieder in seiner übersetzten (Lingua populari
versa) Bibel liest und sich darum in geistlichen Dingen auskennt,
während der Fischhändler durch seinen geschäftlichen Verkehr mit
geistlichen Herren in deren religiöse Disputierkunst eingeweiht ist und
zudem erzählt, er habe vor etwa dreißig Jahren in Paris das Kollegium
Montaigu besucht, von dessen schmutzig geiziger und grausamer
Führung er ein sicherlich den eigenen Erfahrungen des Erasmus (wie
auch einer Stelle im Gargantua) treu entsprechendes Bild entwirft.
Worum es sich in diesem Dialog vor allem handelt, ist die Scheidung
zwischen den göttlichen Geboten und den menschlichen Satzungen.
Da werden die verkehrten Taufriten – das Eintauchen in kaltes Wasser
– die Fastengebote, die äußeren kirchlichen Gebräuche usw. durchge-
sprochen: »jetzt sehen wir den ganzen Erdkreis um dieser Zwistigkeiten
willen in seinem Innern zerrissen.« Und dann die Mißbräuche mit den
Annaten, Dispensen u. dgl. Was für einen Eindruck müßte es doch
auf die außerhalb des Christentums stehenden Völker machen, wenn
sie statt zur menschlichen Knechtschaft zur evangelischen Freiheit be-
rufen würden! Wieviel brüderliche Liebe geht über allen diesen einfäl-
tigen Dingen in die Brüche! Das Volk ist ganz deroutiert in seinem
Urteilen und Handeln. Man sagt freilich, daß mit der Androhung der
Höllenstrafen bei Unterlassen der Fasten die frechen Menschen in
Schrecken gesetzt werden sollen; gut, aber andererseits werden dadurch
auch die Schwachen in Gewissensängste versetzt. Man sollte sich daher
mit diesen Drohungen sehr in acht nehmen. Mit all ihren Konstitutio-
nen können, wenn nicht die Päpste, so doch die Bischöfe in die Irre
gehen. Übrigens fällt auch an die Adresse der Päpste das Wort: auch
der Papst kann als Mensch in Unkenntnis einer Person oder eines
Tatbestandes verfallen.

Dies einige der Gedanken dieses Dialogs, der dann noch als Digres-
sion eine große Stelle gegen den Krieg enthält, auch ein Thema, das
Erasmus immer wieder gerne zur Sprache bringt, denn er ist ein

überzeugter Gegner aller Kriege. Laut beklagt wird der Krieg zwischen König Franz, dem humansten König in des Erasmus Augen, und Kaiser Karl, und der Fischhändler versetzt sich in die Rolle des Kaisers, der an den französischen König ein Schreiben des Friedens und der Versöhnung richten würde: »Ich habe im Krieg jetzt Glück gehabt, es hätte aber auch anders kommen können. Das erinnert uns an die Lage aller menschlichen Dinge. Jetzt gebe ich Euch wieder die Freiheit und das Leben, Ihr seid künftig mein Freund. Wir wollen gute Nachbarn sein und uns in Zukunft nicht bekriegen. Nur ein Wettstreit sei zwischen uns: wer von uns am besten und gerechtesten regiert.«

Die ganze Frage der Fasten, d. h. die des Verbots des Fleischessens war für Erasmus, um darauf noch kurz hinzuweisen, im eigentlichsten Sinne des Wortes eine Magenfrage. Er ertrug das Fischessen nicht. Da er aber andererseits als Mann von Takt durch das Nichthalten des Verbots niemandem Ärgernis geben mochte – denn an starke Gewissensbedenken seinerseits werden wir wohl kaum glauben dürfen, dafür war er innerlich doch zu frei – war es ihm ein sehr ernsthaftes Anliegen, auf diesem Gebiete Wandel geschaffen zu sehen. Für sich hat er bekanntlich durch einen Dispens Papst Klemens VII. Befreiung von den Fastengeboten erhalten. Er hätte aber gewünscht, daß eine solche private Vergünstigung überhaupt nicht mehr nötig wäre. In einem anderen Dialog sagt einer das frank und frei heraus: »Wenn ich der oberste Bischof wäre, so würde ich alle zur Mäßigkeit ermahnen, namentlich an Fasttagen. Im übrigen würde ich jedem gestatten zu essen, was er will für seines Lebens Wohlbefinden, aber maßvoll und mit Danksagung, und dafür zu sorgen, daß, was damit der Beobachtung der Fastengebote entzogen würde, durch das eifrige Streben nach wahrer Frömmigkeit wieder hereingebracht würde.« Das ist in dieser Frage der Standpunkt des Erasmus.

In den Exequiae Seraphicae, dem seraphischen Begräbnis, rechnet er in besonders eingehender Weise mit den Franziskanern ab. Man weiß: Erasmus haßte ehrlich die Möncherei. Er hatte selbst in der Kutte gesteckt, widerwillig genug, und das eigenmächtige Ablegen derselben hatte ihm vielen Ärger zugezogen, bis er dann von Leo X. die Erlaubnis erwirkte, es mit dem Tragen des Ordenskleides zu halten wie er wollte. Seine Verachtung und seinen Ingrimm hat er dann vor allem auf die Bettelmönche geworfen. Es kommt zwar auch in den Kollokien gelegentlich ein gutes Exemplar dieser geistlichen Menschensorte vor. In dem Gespräch Πτωχοπλούσιοι (die Bettelreichen) oder Franciscani hat er in sehr schöner, gerechter Weise einen Franziskaner geschildert, wie er sein soll: der sich nichts Besonderes auf sein Ordenskleid einbildet, sondern seinen Pflichten getreulich nachgeht, und der weiß, daß nicht das Kleid den frommen Menschen macht, sondern einzig seine Gesinnung und sein Wandel. Aber das ist doch mehr nur eine Ausnahme; in der Regel ist das Bild, das er von ihnen entwirft, ein durchaus schwarzes. Sie erschienen ihm in erster Linie als diejenigen, welche die ganze religiöse Bewegung am Anfang des 16. Jahrhunderts durch ihr Vorgehen auf schlimme Bahnen brachten und, statt zur Versöhnung der Gemüter beizutragen, Öl ins Feuer gössen. Daß der Haß der Mönche gegen Erasmus ein ebenso gründlicher war, kann uns nicht verwundern. In den Exequiae seraphicae nimmt Erasmus zunächst die Sitte aufs Korn, daß sich Laien vor dem Sterben noch rasch in eine Franziskanerkutte einhüllen ließen, um so eines seligen Endes oder doch der Nichtverdammung sicher zu sein, und dann in dieser Kutte aufgebahrt zu Grabe getragen wurden. Der Philecous läßt sich vom Theotimus eine solche Beerdigung schildern. Hatte der Tote denn auch die fünf Wundmale? Das wage ich nicht zu versichern; an den Händen und Füßen sah man bläuliche Spuren, und das Kleid hatte an der Seite eine Öffnung, eine fenestella, ein Fensterchen. – Ja, hat denn niemand von den Zuschauern darüber gelacht? – Doch, aber es werden Ketzer gewesen sein, von denen heute die Welt voll ist. – Vor einer Ansteckung von solcher Ketzerei wäre ich zwar gesichert gewesen, aber gelacht hätte ich doch auch. – Und nun folgt eine bemerkenswerte Stelle über den heiligen Franz: ich habe ihn von Jugend auf verehrt, diesen der Welt nach weder gelehrten noch weisen Mann, der aber durch seine Abtötung der irdischen Triebe Gott sehr lieb gewesen ist, und wie ihn, so verehre ich auch alle, die in seinen Fußstapfen aufrichtig wandelnd danach trachten, der Welt zu sterben und Christo zu leben. – Daß der heilige Franz ein ungelehrter Mensch gewesen ist, hebt Erasmus auch an andern Stellen besonders hervor, und daß Franciscus ein schwacher Lateiner war, vergißt er nicht ausdrücklich einmal zu betonen. – Was hat nun aber dieses Treiben der seraphischen Brüder – der Pater Seraphicus aus dem 2. Teile des Faust ist uns allen geläufig – mit dem heiligen Franz zu tun, was überhaupt mit wahrer Frömmigkeit? Und nun ergeht ein furchtbares Strafgericht über diese neue Anmaßung der Franziskaner und über ihre völlige Abirrung von der ursprünglichen Lehre ihres Stifters. Die Art, wie sie hier geschildert werden mit ihrer frevelhaften Kasuistik, mit ihrer Einmischung in alle Verhältnisse, mit ihrer Politik, daß alles zu tun erlaubt sei, sobald der Orden in Gefahr steht (licet quoties periclitatur decus ordinis), diese ganze Art erinnert geradezu an ähnliche Anklagen gegen den Jesuitenorden.

Im weitern werden den Franziskanern noch furchtbare Verbrechen zur Last gelegt. So wird, und zwar mit der ausdrücklichen Bemerkung, das sei kein Märchen, sondern beruhe auf dem Bericht eines wahrheitsliebenden Polen, erzählt, wie in einer Franziskanerkirche zwei Jünglinge nachts lebendig begraben worden seien. Es sei daran erinnert, daß Erasmus in jenem großen Schreiben an den päpstlichen Protonotar Grunnius, in dem er um die Enthebung von dem Zwang des Tragens der Mönchskutte und die Befreiung von seinen Klosterpflichten beim Papste einkam, ebenfalls diese Schauergeschichte anführt: ein edler Pole, der in einer Kirche in Schlaf versunken sei, habe bei seinem Erwachen gesehen, wie zwei Franziskaner lebendig begraben worden seien.

Am Schluß der Kolloquien steht der merkwürdige Epicureus, jenes Gespräch zwischen Hedonius und Spudaeus, in dem der Nachweis zu führen versucht wird, daß keine mehr Epikureer seien als frommlebende Christen. Vom Geist geht alle wahre Lust aus; wahre Lust ist aber nur, was aus der Wahrheit stammt. Niemand lebt wahrhaft angenehm, als wer fromm lebt, d. h. wer die wahren Güter genießt. Nur die Frömmigkeit aber macht den Menschen glücklich, welche Gott, den Quell des höchsten Gutes, mit dem Menschen vereinigt. In diesem Sinne wird dann Christo, dem adorandus Christianae philosophiae princeps, der Name Epikureer vindiziert, ἐπίκουρος (epikouros) = auxiliator, Helfer. Niemand täusche sich mehr, als wer da glaube, Christus sei von Natur traurig und melancholisch gewesen und habe uns zu einer unlustigen Lebensweise eingeladen. Die Hauptsache für den Menschen bestehe darin, daß der Tantalusstein über seinem Haupte fortgeschafft sei: der Tantalusstein des bösen Gewissens. Zu verzweifeln sei auch für den schlimmsten Sünder kein Anlaß. Mit dem Schächer am Kreuz wird exemplifiziert. Wenn der Mensch nur aus Herzensgrund sein miserere mei Deus emporsende, so werde Gott den Stein des Tantalus wegnehmen.

Mit diesem feierlichen Gespräche schließt die Sammlung der Kolloquien.

Der Dialog Merdardus oder die Predigt, eines der umfangreichen Stücke der Sammlung, bietet dadurch besonderes Interesse, weil sich hier Erasmus in höchst temperamentvoller Weise mit einem Franziskaner (von den Observanten) auseinandersetzt, der am Reichstag von Augsburg vor so erlauchter Gesellschaft gewagt hatte, in einer Nachmittagspredigt (in der diesmal die Leute leider nicht geschlafen hätten) gegen Erasmus loszudonnern. Sein Geschwätz sei zwar so dumm gewesen, erzählt der Hilarius dem Levinus, daß Erasmus, wenn er zugegen gewesen wäre, sich des Lachens nicht hätte enthalten können. Allein der Ton, in dem dann mit dem Prediger abgerechnet wird, zeigt denn doch, daß dem Erasmus die Sache gar nicht so besonders lächerlich vorgekommen sein muß. Der Mann hatte ihm vorgeworfen, er sei der Haupturheber und der Anführer des allgemeinen Tumultes, von dem jetzt die christliche Welt erschüttert werde; er habe die Trennung der Kirche in Sekten verschuldet, den Entzug der bischöflichen Zehnten, die Verachtung der Bischöfe, den Widerstand gegen des Papstes Hoheit, den Bauernaufstand. Im speziellen hatte er dann Erasmus beschuldigt, er habe im Magnifikat, dem Lobgesang der Jungfrau im Lukas-Evangelium, statt humilitas vilitas ancillae übersetzt, was dann in dem Dialog zu langen philologischen Auseinandersetzungen mit Kontrollierung des griechischen Textes Anlaß gibt. Mit einem groben Witz schließt das Gespräch: Es heiße vom heiligen Franziskus, er habe den Schwestern Vögeln – sororibus avibus – gepredigt, dieser Franziskaner in Augsburg scheine würdig zu sein, den Brüdern Eseln und Säuen zu predigen.

Ein kurzes Gespräch trägt den Titel Untersuchung über den Glauben und handelt im wesentlichen vom Glaubensbekenntnis. Der, welcher da über seinen Glauben zur Rechenschaft gezogen wird, ist, wie Erasmus selbst in seinem Hinweis auf die Nützlichkeit seiner Kolloquien, hervorhebt, ein Lutheraner (persona Lutherani); er tue das, damit um so leichter die beiden Dialogisierenden zur Eintracht zurückkehren. Es ist nun recht interessant zu sehen, wie hier Erasmus, ohne das weiter auszuführen, an dem Glaubensbekenntnis des Ketzers – denn der Bann ist gegen den Barbatius ergangen; aber er schläft deshalb doch ruhig: ich habe den Blitzstrahl nicht gespürt –, wie Erasmus an diesem Glaubensbekenntnis aufzeigt, daß es sich ja sozusagen in keinem Stück von den orthodoxen Lehren des Christentums entferne, insofern sich diese auf die Lehren von Gott, Sohn, heiligem Geist beziehen. Einzig bei dem Artikel von der Kirche gibt es einen kleinen Haken: »Ich glaube nicht an die heilige Kirche (in ecclesiam), ich glaube eine heilige Kirche (credo sanctam ecclesiam)«. An Gott soll man glauben, die Kirche aber besteht zwar aus frommen, aber doch nur aus Menschen, die aus guten böse werden, die getäuscht werden und täuschen können. Was dann die Gemeinschaft der Heiligen im Apostolikum betrifft, so wisse Cyprianus von diesem Artikel nichts. – Der Inquisitor meint: Als ich in Rom war, habe ich nicht alle gleich ehrlich glaubend gefunden. Ja, was hindert denn, daß du ganz der unserige seist? – Die Antwort lautet: Ich meine rechtgläubig zu sein, und wenn ich auch für mein Leben nicht durchaus gutstehen kann, so versuche ich doch redlich, es mit meinem Glaubensbekenntnis in Einklang zu bringen.

Auf dieser Basis hätte Erasmus eine Versöhnung sich gedacht. Er selbst hat an diesen Hauptsätzen der Orthodoxie niemals gerüttelt. Man glaubt doch, seine eigenste Stellung präzisiert zu sehen, wenn er den 17jährigen Knaben in dem schon oben erwähnten Gespräch von der kindlichen Frömmigkeit sagen läßt: Was ich in der heiligen Schrift und im Apostolikum lese, das glaube ich in voller Zuversicht, nec ultra scrutor, darüber hinaus grüble ich nicht. Wenn etwas durch allgemeinen Brauch des Christenvolkes angenommen ist, was nicht direkt der heiligen Schrift widerspricht, so behalte ich es bei, um niemandem ein Ärgernis zu sein.

Es wäre nun noch zu reden von all den vielen andern Dingen, die in den Kolloquien zur Sprache kommen. Versuchen wir, statt ins einzelne zu gehen, einige Hauptpunkte herauszugreifen. Eine wichtige Angelegenheit bildet die Ehe in den Gesprächen dieses Junggesellen. Für das Mädchen ist sie das Normale – über die alten Jungfern wird nicht artig gesprochen; nur nicht das Klosterleben, jedenfalls nicht ohne eigenste Neigung und ohne Zustimmung der Eltern. Die Dialoge Die heiratsfeindliche Jungfrau und Die reuige Jungfrau behandeln das Thema der ehescheuen Jungfrau, die ins Kloster will, bald aber dort derartiges erlebt, daß sie auf jede Weise wieder herausstrebt. In der Ehe selbst ist es dann Sache der Frau, dem Manne das Haus möglichst lieb zu machen; eher bei einem Fehltritt des Gatten ein Auge zudrücken, als durch lieblose Strenge alles gefährden. Das Kapitel der Kinderaufziehung wird in der Puerpera, der Kindbetterin, behandelt, wobei die Pflicht des Säugens aufs eindringlichste gepredigt wird. Nichts will er von Ammen wissen; durch die Natur der Milch kann bei Kindern die Anlage verdorben werden. Das Abtreiben der Milch ist überdies unter Umständen für die Mutter gefährlich. Was Erasmus nicht streng genug verurteilen kann, ist, wenn Eltern ihre Tochter einem gesundheitlich ruinierten Manne zur Frau geben. Das Kolloquium von der Ehe, die keine ist, bringen wir in Übersetzung. An Offenheit und Deutlichkeit läßt es gewiß nichts zu wünschen übrig. Wie wenig Erasmus der Syphilis gegenüber irgend welchen Spaß verstand, zeigen in diesem Gespräche die Mittel, die gegen solche Kranke vorgeschlagen werden, um sie unschädlich zu machen. Liest man diese Seiten, so begreift man erst recht, welchen Widerwillen Erasmus vor der Begegnung mit Hutten empfinden mußte, mit Hutten, der, nebenbei bemerkt, zum Kolloquium vom Ritter ohne Roß einige Züge scheint beigesteuert zu haben; oder meint man, Erasmus lasse nur zufällig dem Ritter Harpalus durch Nestorius den Rat geben, er solle sich als Devise seines Wappenschildes wählen: Omnis jacta sit alea? Auch der Frauenbildung windet Erasmus gelegentlich ein Kränzchen. Den Dialog des ungebildeten Abtes mit der gut gebildeten Frau lernen wir aus der Übersetzung kennen. Lustig ist, wie im Weibersenat die Verhandlungen rasch ins Kleinliche und Eifersüchtelnde ausarten.

Daneben dann Kolloquien, die das Frühaufstehen predigen, die Alchymie und den Gespensterglauben lächerlich machen, die von Reiseabenteuern erzählen, wie die wundervoll lebendige Schiffbruchschilderung mit dem Spott über die Heiligenanrufungen, oder das Kapitel über die Gasthäuser, wo Erasmus an dem Beispiel der Stadt Lyon die Reize der weiblichen Bedienung in einem Hotel preist und dazu in Kontrast stellt die mürrische Grobheit der deutschen Wirte und den widrigen Schmutz ihrer Tisch- und Bettwäsche. Sehr wirksam stellt Erasmus in dem Gespräch Funus zwei Totenbette und Beerdigungen einander gegenüber. Es lohnte sich, auch dieses Stück in Übersetzung vorzulegen. Vielleicht den höchsten Flug, der ihr vergönnt war, nahm des Erasmus Phantasie in der Apotheose, der Heiligwerdung des Reuchlin, mit welchem Dialog wir unsere Auswahl beschließen. Man hat den Eindruck: hier ist mehr als eine fein huldigende Fiktion; so hat sich Erasmus den Lohn eines reinen Lebens im strengen Dienste der Wissenschaft gedacht und gewünscht. Man sucht ein Motto zu diesen Gesprächen. Wie wäre es, wenn man ihnen jene trotz ihrem fraglichen Latein so erschöpfende Charakteristik des Erasmus in den

Epistolae obscurorum virorum vorsetzte: Erasmus est homo pro se, Erasmus ist ein Mensch für sich.

Vielleicht erwartet man hier noch ein Wort über diese Auswahl aus den Gesprächen des Erasmus. Den Kenner der Kolloquien wird es etwa befremden, daß das Convivium religiosum und der Epicureus keine Aufnahme gefunden haben. Es ist dies absichtlich nicht geschehen. Mir schien in erster Linie wichtig, daß an sich wieder das Interesse auf diese Dialoge gelenkt würde, und um dies zu erreichen, war es doch wohl das Klügste, solche Stücke auszuwählen, die von vornherein durch ihren Inhalt und Ton auch von nichtgelehrten Lesern ohne viele Anstrengung genossen werden können. Die beiden obengenannten Gespräche aber sind weniger in ihrer Gesamtheit als in einzelnen Partien der Beachtung und Aufmerksamkeit eines größeren Leserkreises sicher. Diese Partien – es gilt das übrigens auch für den langfädigen Ichthyophagia-Dialog haben daher ihre Erwähnung und Beleuchtung auf den einführenden Seiten gefunden, zum Teil im genauen Wortlaut. Sollte je dieses Büchlein den Wunsch nach einer Fortsetzung rege machen, so könnten dann auch umfangreiche Stücke wie das Gespräch über religiöse Dinge und die Diskussion über Begriff und Wesen des wahren Epikureismus ihre Berücksichtigung finden. Für die Probefahrt empfahl es sich, das Schifflein nicht zu stark mit weniger gangbarer Ware zu belasten.

Zürich, Mitte September 1906

H. Trog

Der Abt und die gebildete Frau

Abbatis et Eruditae

Antronius · Magdala

Antronius. Was seh' ich denn da für ein Möbel?

Magdala. Ist es nicht hübsch?

Antronius. Ob hübsch oder nicht, weiß ich nicht, jedenfalls aber eins, das sich für ein Mädchen wie für eine Matrone wenig schickt.

Magdala. Weshalb das?

Antronius. Weil es ganz voll Bücher ist.

Magdala. Ihr seid nun schon so alt, seid Abt und Höfling und habt noch nie in den Zimmern der großen Damen Bücher gesehen?

Antronius. Ich sah freilich solche, aber in französischer Sprache; hier dagegen sehe ich griechische und lateinische Bücher.

Magdala. Ja lehren denn bloß die französisch geschriebenen Weisheit?

Antronius. Jedenfalls schicken sich diese allein für die vornehmen Damen, damit sie etwas für die Unterhaltung in den Mußestunden haben.

Magdala. Ist denn einzig den Damen vom Stande gestattet, den Geist zu bilden und angenehm zu leben?

Antronius. Ihr verbindet in falscher Weise Geistesbildung und angenehmes Leben: die Weisheit ist nicht Weibersache; Sache der großen Damen ist ein anmutiges Dasein.

Magdala. Soll aber nicht jedermann recht leben?

Antronius. Ja freilich.

Magdala. Wie kann man aber angenehm leben, wenn man nicht zugleich richtig lebt?

Antronius. Im Gegenteil: wie kann der angenehm leben, der recht lebt?

Magdala. Ihr billigt also die, welche zwar schlecht, aber angenehm leben?

Antronius. Meine Ansicht ist, daß die gut leben, welche angenehm leben.

Magdala. Ja, aber woher stammt denn diese Annehmlichkeit? Aus äußerlichen Dingen oder aus dem Geist?

Antronius. Aus äußerlichen Dingen.

Magdala. Ihr seid fürwahr ein scharfsinniger Abt, aber ein grobgeschnitzter Philosoph! Sagt mir doch, wonach bemeßt Ihr das Angenehme?

Antronius. Nach Schlaf, Essen, der Freiheit zu tun, was einem beliebt, nach Geld und Ehren.

Magdala. Wenn aber Gott zu alledem noch die Weisheit hinzufügt, lebt Ihr dann nicht angenehm?

Antronius. Was versteht Ihr unter Weisheit?

Magdala. Die Einsicht, daß ein Mensch nur durch geistige Güter glücklich ist. Reichtum, Ehre, Geschlecht machen weder glücklicher noch besser.

Antronius. Eure Weisheit kann mir gestohlen werden.

Magdala. Wenn mir nun aber die Lektüre eines guten Autors eben so angenehm ist wie Euch die Jagd, der Trunk, das Würfelspiel: glaubt Ihr dann nicht, daß auch ich angenehm lebe?

Antronius. Für meine Person möchte ich nicht so leben.

Magdala. Danach frage ich nicht, was Euch angenehm ist, sondern was angenehm sein sollte.

Antronius. Ich möchte nicht, daß meine Mönche viel mit Büchern sich abgeben.

Magdala. Mein Mann heißt gerade das besonders gut. Aber weshalb paßt Euch das nicht bei Euren Mönchen?

Antronius. Weil sie dann erfahrungsgemäß weniger gehorsam sind: sie kommen dann mit Antworten aus den Dekreten, den Dekretalen, dem Petrus und Paulus.

Magdala. Ja, befehlt Ihr ihnen denn Dinge, die Petrus und Paulus widerstreiten?

Antronius. Was die lehren, weiß ich nicht; aber ich mag nun einmal den antwortenden Mönch nicht; ich hab' auch nicht gern, daß einer der Meinigen mehr wisse als ich selbst.

Magdala. Das könnte vermieden werden, wenn Ihr Euch Mühe gäbet, so viel als möglich zu wissen.

Antronius. Dazu fehlt mir die Zeit.

Magdala. Wieso?

Antronius. Weil sie mir nun einmal fehlt.

Magdala. Ihr habt keine Zeit, Euch zu bilden?

Antronius. Nein.

Magdala. Was steht dem im Wege?

Antronius. Die langen Gebete, die Sorge für den Haushalt, die Jagd, die Pferde, der Hofdienst.

Magdala. Diese Dinge sind Euch also wichtiger als die Weisheit?

Antronius. Das ist nun einmal unser Los.

Magdala. Aber sagt mir noch eins: wenn Gott Euch die Macht verliehe, Euch und Eure Mönche in irgend ein Tier zu verwandeln, würdet Ihr diese in Schweine, Euch aber in ein Pferd verwandeln?

Antronius. Durchaus nicht.

Magdala. Und doch würdet Ihr damit verhindern, daß einer mehr wüßte als Ihr.

Antronius. Mich kümmert nicht sowohl, was für Geschöpfe die Mönche sind, als daß ich selbst ein Mensch bin.

Magdala. Scheint Euch aber der ein Mensch zu sein, der nicht weise ist und nicht weise werden will?

Antronius. Ich bin mir weise genug.

Magdala. Das können auch die Schweine von sich behaupten.

Antronius. Ihr scheint mir mit Euren Argumenten eine Sophistin zu sein.

Magdala. Als was Ihr mir vorkommt, will ich lieber nicht sagen. Aber warum mißfällt Euch eigentlich mein Möbel mit den Büchern?

Antronius. Weil Rocken und Spindel die Waffen der Frau sind.

Magdala. Ist es aber nicht die Aufgabe einer Mutter, das Haus zu leiten und die Kinder zu erziehen?

Antronius. Freilich.

Magdala. Meint Ihr denn, das lasse sich ohne Weisheit machen?

Antronius. Nein, das glaub' ich nicht.

Magdala. Nun, eben diese Weisheit lehren mich die Bücher.

Antronius. Ich hab' zu Haus zweiundsechzig Mönche, aber irgend ein Buch findet Ihr deswegen doch nicht in meinem Schlafzimmer.

Magdala. Da ist also für die Mönche trefflich gesorgt.

Antronius. Ich will Bücher noch gelten lassen, nur keine lateinischen.

Magdala. Weshalb denn?

Antronius. Weil diese Sprache sich für Frauen nicht ziemt.

Magdala. Ich warte auf die Begründung.

Antronius. Weil sie zu wenig angetan ist, die Keuschheit der Frauen zu beschützen.

Magdala. Da dienen also die französischen Bücher, die voll leichtfertiger Geschichten sind, der Keuschheit?

Antronius. Ich meine es anders.

Magdala. So sprecht Euch denn offen aus!

Antronius. Die Frauen sind vor den Priestern sicherer, wenn sie kein Latein können.

Magdala. Diese Gefahr ist mit eurer Hilfe recht klein; denn ihr seid ja eifrig bestrebt, kein Latein zu verstehen.

Antronius. Der gemeine Mann empfindet es als etwas Seltsames und Ungewohntes, daß eine Frau Latein könne.

Magdala. Was zitiert Ihr den gemeinen Mann, die Menge, diesen geborenen Feind alles Guten? Was die Gewohnheit, die Lehrmeisterin aller schlimmen Dinge? Man muß sich an das Beste gewöhnen; dann wird zur Gewohnheit, was ungewohnt war, angenehm, was unangenehm war, geziemend, was für unziemlich galt.

Antronius. Ich höre staunend zu.

Magdala. Geziemt es sich, daß eine deutsche Frau französisch lerne?

Antronius. Ganz gewiß.

Magdala. Weshalb?

Antronius. Damit sie mit denen sich unterhalten kann, die französisch reden.

Magdala. Und für mich soll es unpassend sein, daß ich Latein lerne, um täglich mit so manchem Autor, so beredten, gelehrten, weisen, treuen Beratern Zwiesprache zu halten?

Antronius. Die Bücher nehmen den Frauen viel von ihrem Hirnschmalz, von dem sie ohnehin zu wenig haben.

Magdala. Wieviel Ihr davon besitzt, weiß ich nicht; jedenfalls will ich das, was mir beschert ist, lieber bei guten Studien aufbrauchen als bei sinnlos hergesagten Gebeten, nächtlichen Schmausereien und dem Leeren tüchtiger Humpen.

Antronius. Der Verkehr mit den Büchern macht stumpfsinnig.

Magdala. Und die Unterhaltungen der Zechgenossen, der Possenreißer und Hansnarren sollen nicht stumpfsinnig machen?

Antronius. O nein, die vertreiben die Langeweile.

Magdala. Wie kommt es denn, daß so anmutige Gesellschafter, wie die meinen, stumpfsinnig machen sollen?

Antronius. Das ist so die Meinung.

Magdala. Aber in Tat und Wahrheit ist es ganz anders. Wie viele sehen wir nicht im Gegenteil, denen unmäßiges Trinken, unzeitige Schmausereien, ungezügelte Leidenschaften den Verstand rauben!

Antronius. Ich für meine Person möchte nun einmal keine gelehrte Frau.

Magdala. Und ich gratuliere mir, daß ich einen Euch so unähnlichen Mann mein eigen nenne. Denn die Bildung hat ihn mir und mich ihm nur um so lieber gemacht.

Antronius. Die Bildung muß man sich mit ungezählten Mühen erwerben, und dann heißt's: sterben.

Magdala. Ja, aber sagt mir, vortrefflicher Mann, wenn Ihr morgen sterben müßtet, möchtet Ihr lieber als Tor oder als Weiser sterben?

Antronius. Wenn man nur die Weisheit mühelos haben könnte!

Magdala. In diesem Leben hat nun eben der Mensch nichts mühelos. Da man aber alles, was man erreicht hat, und wär's mit noch so viel Anstrengung, hier zurücklassen muß, sollte es uns dann reuen, auf das Kostbarste von allem Mühe zu verwenden, auf das, dessen Frucht uns noch ins künftige Leben begleitet?

Antronius. Ich habe oft die Leute sagen hören, eine weise Frau sei doppelt töricht.

Magdala. Das kann man so hören aus dem Munde von Toren. Eine wahrhaft gescheite Frau zeigt das gar nicht; will aber eine, die dumm ist, weise scheinen, dann ist sie allerdings doppelt dumm.

Antronius. Ich weiß nicht wie's kommt; aber, wie ein Sattel sich nicht für einen Ochsen schickt, so schicken sich die Wissenschaften nicht für eine Frau.

Magdala. Immerhin werdet Ihr nicht leugnen können, daß der Sattel dem Ochsen immer noch besser anstände als die Mitra einem Esel oder einem Schwein. Was denkt Ihr eigentlich von der jungfräulichen Mutter?

Antronius. Das allerbeste.

Magdala. Sah sie nie ein Buch an?

Antronius. Doch, aber kein solches.

Magdala. Was las sie denn?

Antronius. Das Horenbüchlein.

Magdala. Zu welchem Zweck?

Antronius. Für den Benediktinerorden.

Magdala. Sei's drum! Und die Frauen Paula und Eustochium: gaben sie sich nicht mit den heiligen Büchern ab?

Antronius. Das ist aber heutzutage eine Seltenheit.

Magdala. Einstmals war ein ungelehrter Abt ein seltenes Ding, heute gibt es nichts Alltäglicheres; vor Zeiten ragten Fürsten und Kaiser nicht weniger durch ihre Gelehrsamkeit hervor als durch ihre Herrschaft. Übrigens ist die Sache auch heute nicht gar so selten, wie Ihr meint: in Spanien und Italien gibt es nicht wenige Frauen, namentlich unter den vornehmen, die es mit jedem Manne aufnehmen könnten; in England nenne ich die Frauen aus dem Hause des Morus, in Deutschland die Pirkheimerschen und Blaurerschen. Seht ihr euch nicht vor, so wird's noch so weit kommen, daß wir in den Theologenschulen das Präsidium führen, wir in den Kirchen predigen und eure Mitren in Beschlag nehmen.

Antronius. Da sei Gott vor!

Magdala. An euch wird es sein, das fern zu halten. Macht ihr so weiter, wie ihr begonnen habt, so werden die Gänse eher zu predigen anfangen, als euch stumme Hirten zu ertragen. Ihr seht: die Schaubühne der Welt verändert sich, entweder muß man abtreten oder es muß jeder die ihm zukommende Rolle spielen.

Antronius. Warum mußte ich auf diese Frau stoßen? Wenn Ihr mich einmal besucht, so will ich Euch freundlicher aufnehmen.

Magdala. Auf welche Art?

Antronius. Wir wollen tanzen, tüchtig trinken, auf die Jagd gehen, spielen und lachen.

Magdala. Ich bin in der Lage, schon heute zu lachen.

Die unnatürliche Ehe

Ἄγαμος γάμος sive Conjugium impar

Petronius · Gabriel

Petronius. Woher kommt Ihr, Gabriel, mit so düsterer Miene? Etwa gar aus der Orakelhöhle des Trophonius?

Gabriel. Keineswegs, sondern von einer Hochzeit.

Petronius. Ein weniger hochzeitliches Gesicht habe ich nie gesehen. Sonst pflegen die Teilnehmer an Hochzeiten noch sechs Tage nachher vergnügt und heiter auszusehen und sogar Greise um zehn Jahre jünger zu werden. Von was für einer Hochzeit also habt Ihr mir zu erzählen? Ich denke von der der Todesgöttin mit Mars.

Gabriel. Vielmehr von der eines jungen Mannes aus guter Familie mit einer Sechzehnjährigen, an der weder Gestalt, noch Sitten, noch Herkunft, noch Vermögen etwas zu wünschen übrig lassen, kurz, die wert erschiene, mit dem Zeus Hochzeit zu halten.

Petronius. Ach, geht doch, ein so junges Mädchen mit einem so alten!

Gabriel. Die Könige altern ja nicht.

Petronius. Woher kommt denn nun aber Eure Traurigkeit? Seid Ihr etwa auf den Bräutigam neidisch, der Euch die ersehnte Beute siegreich entrissen hat?

Gabriel. Warum nicht gar!

Petronius. Oder hat sich etwas zugetragen wie bei der Lapithenhochzeit?

Gabriel. Auch das nicht.

Petronius. Nun also? Fehlte es an der Gabe des Bacchus?

Gabriel. Es herrschte im Gegenteil Überfluß daran.

Petronius. So blieben die Flötenspieler aus?

Gabriel. Es gab sogar Geigen- und Lautenspieler und Trompeter und Sackpfeifer.

Petronius. Ja, was fehlte denn? War der Hymenäus nicht da?

Gabriel. Vergebens riefen ihn eine Menge Stimmen her.

Petronius. Und auch die Chariten nicht?

Gabriel. Keine Ahnung von einer Charitin. Auch Juno fehlte, die Hüterin der Ehe, und die goldene Venus und der heiratsfreundliche Jupiter.

Petronius. Da sprecht Ihr ja von einer Hochzeit mit schlimmen Auspizien, ohne göttlichen Beistand, oder, wenn man lieber will, von einer Ehe, die keine Ehe ist.

Gabriel. Ihr würdet noch ganz anders sprechen, wenn Ihr es gesehen hättet.

Petronius. So hat man also nicht getanzt?

Gabriel. Nein, sondern elendiglich gehinkt.

Petronius. Keine freundliche Gottheit hat demnach diese Ehe erhellt?

Gabriel. Nicht eine war anwesend, ausgenommen die Göttin, welche die Griechen Psora (die Räude) nannten.

Petronius. Da sprecht Ihr ja von einer grindigen Hochzeit.

Gabriel. Freilich, von einer aussätzigen und eitrigen.

Petronius. Aber wie kommt es, Gabriel, daß Euch diese Erzählung die Tränen austreibt?

Gabriel. Das könnte selbst einen Kieselstein zum Weinen bringen.

Petronius. Das glaub' ich, wenn ein Kieselstein es gesehen hätte. Aber ich beschwöre Euch, was ist denn das für ein großes Unglück? Verhehlt es mir nicht und laßt mich nicht länger in der Schwebe!

Gabriel. Kennt Ihr den Lampridius Eubulus?

Petronius. Das ist ja der beste und glücklichste Mann in der Stadt.

Gabriel. Und kennt Ihr auch seine Tochter Iphigenie?

Petronius. Ihr nennt die Blume der Jugend.

Gabriel. So ist's. Und wißt Ihr, wem sie vermählt ward?

Petronius. Ich weiß es, wenn Ihr mir's gesagt habt.

Gabriel. Dem Pompilius Blennus.

Petronius. Diesem Thrason, der jedermann mit seinen Prahlereien tot macht?

Gabriel. Ja, diesem.

Petronius. Der war ja schon längst berühmt in der Stadt, vor allem durch zwei Dinge, durch seine Lügereien und durch jene Krankheit, die noch keinen Namen trägt, obschon sie selbst die Namen so vieler hat.

Gabriel. Es ist jene so stolze Krankheit, welche weder dem Aussatz, noch der Elephantiasis, noch den Flechten und dem Grind, noch dem Podagra etwas nachgeben würde, wenn es zum Wettbewerb käme.

Petronius. Das ist die Meinung der Ärzte.

Gabriel. Soll ich Euch nun auch das Mädchen schildern, da Ihr es ja kennt, wenn auch der Schmuck ihrer natürlichen Schönheit noch einen weiteren Reiz verlieh? Ihr, Petronius, hättet sie für eine Göttin genommen. Alles stand ihr trefflich. Inzwischen kam nun jener glückseilige Bräutigam zum Vorschein, mit einer gestutzten Nase, ein Bein nachschleppend, aber mit weniger Glück, als dies die Schweizer zu tun pflegen, mit krätzigen Händen, stinkendem Atem, erloschenen Augen, einem bandagierten Kopfe, und aus Nase und Augen floß ihm der Eiter. Andere tragen die Ringe an den Fingern, er trägt solche sogar am Schenkel.

Petronius. Was fiel den Eltern ein, daß sie eine solche Tochter einem solchen Scheusal überließen?

Gabriel. Ich weiß es nicht, höchstens, daß heutzutage viele den Verstand verloren zu haben scheinen.

Petronius. Vielleicht ist der Mensch sehr reich?

Gabriel. Das stimmt, aber an Schulden.

Petronius. Wenn das Mädchen ihre beiden Großväter und Großmütter durch Gift aus der Welt geschafft hätte, würde man es nicht härter haben bestrafen können.

Gabriel. Oder wenn sie auf die Asche ihres Vaters gepißt hätte, so wäre sie genugsam dafür bestraft, wenn sie einem solchen Ungeheuer einen Kuß zu gewähren gezwungen ist.

Petronius. Ich bin derselben Ansicht.

Gabriel. Mir scheint eine solche Handlungsweise grausamer zu sein, als wenn der Vater sie nackt den Bären oder Löwen oder Krokodilen vorgeworfen hätte. Denn entweder hätten die wilden Tiere ihre Schönheit verschont, oder ein rascher Tod hätte ihre Qualen beendigt.

Petronius. Ihr habt recht. Mir scheint diese Handlungsweise des Tyrannen Mecentius würdig zu sein, der, wie Virgil erzählt, Leichen mit Lebenden verband, indem er ihre Hände vereinigte und Mund an Mund legte. Und doch war, wenn ich mich nicht täusche, sogar Mecentius nicht so unmenschlich, daß er ein liebenswürdiges Mädchen mit einem Leichnam verband, und es gibt keinen Leichnam, mit dem man nicht lieber zusammengeschlossen wäre als mit einem so verfaulten Kadaver. Sein Atem ist ja das reine Gift, und was er spricht, ist die Pest, und was er anrührt, ist der Tod.

Gabriel. Und nun überlegt ein wenig, Petronius, was für eine Wollust seine Küsse, seine Umarmungen, seine nächtlichen Zärtlichkeiten und Liebkosungen sein mögen.

Petronius. Ich hab' die Theologen schon zuweilen von einer ungleichen Ehe reden hören. Aber das erst scheint mir mit Fug und Recht so genannt werden zu können, ist es doch, als wenn man einen Edelstein in Blei fassen wollte. Was mich übrigens in Staunen setzt, ist die Kühnheit dieser zarten Jungfrau. Mädchen in diesem Alter pflegen doch sonst beim Anblick eines Gespenstes oder sonst eines Phantoms fast des Todes zu sein, diese aber sollte wagen, des Nachts einen solchen Kadaver zu umarmen!

Gabriel. Das Mädchen kann sich mit der Autorität der Eltern, mit dem inständigen Anliegen der Freunde, mit der Einfalt der Jugend entschuldigen. Ich kann mich nicht genug über die Narrheit der Eltern wundern. Wer würde auch die häßlichste Tochter einem aussätzigen Manne beigesellen?

Petronius. Kein Mensch, wenn er auch nur ein Körnchen gesunden Verstandes sein nennt. Hätte ich eine schielende und hinkende und überdies so verwachsene Tochter, wie der Thersites bei Homer es ist, und sie hätte sogar keinen Rappen Mitgift – einem solchen Schwiegersohne würde ich ihre Hand verweigern.

Gabriel. Und diese Krankheit ist noch widerlicher und gefährlicher als die Lepra; denn sie breitet sich rascher aus und kommt von Zeit zu Zeit wieder und führt häufig den Tod herbei, während der Aussatz einen Menschen oft sehr alt werden läßt.

Petronius. Aber vielleicht wußten die Eltern nicht um des Bräutigams Krankheit?

Gabriel. Freilich, sie wußten es sehr wohl.

Petronius. Wenn sie es so schlecht mit ihrer Tochter meinten, warum warfen sie sie nicht in einen Sack eingenäht in die Schelde?

Gabriel. Weniger verrückt war' es schon gewesen.

Petronius. Was für eine Mitgift hat ihnen denn diesen Schwiegersohn empfohlen? Zeichnet er sich in irgend etwas aus?

Gabriel. O freilich, in gar vielen Dingen: er ist ein strammer Würfler, ein unbesiegter Trinker, ein ruchloser Schürzenjäger, ein ausgemachter Künstler im Lügen und Betrügen, ein unermüdlicher Räuber, ein vollendeter Vergeuder und Verprasser, ein ausgepichter Schlemmer.

Kurz: wenn man an den Schulen nur sieben liberale Künste lehrt, so hat dieser mindestens zehn illiberale inne.

Petronius. Immerhin, etwas muß es doch gewesen sein, was ihn den Eltern empfohlen hat.

Gabriel. Gar nichts, als der gloriose Name eines Ritters.

Petronius. Wie kann denn der ein Ritter sein, der vor lauter Räude kaum im Sattel sitzen kann? Vielleicht hat er aber beträchtliche Besitzungen?

Gabriel. Er hatte einst ein mittelmäßiges Vermögen, aber bei seiner Lebensführung blieb ihm nichts übrig als ein kleiner Turm, von dem er auszulaufen pflegt zum Raube; und dieser Turm ist so nett ausgerüstet, daß Ihr Eure Schweine dort nicht untergebracht haben möchtet. Freilich, hört man den Mann, so führt er Schlösser im Munde und Lehen und andere prachtvolle Dinge; und sein Wappen anzubringen, vergißt er nirgends.

Petronius. Was für ein Wappen führt er in seinem Schild?

Gabriel. Drei goldene Elefanten auf einem roten Felde.

Petronius. Zum Elefanterich paßt der Elefant. Er muß übrigens dem Wappen nach ein blutdürstiger Herr sein.

Gabriel. Eher ein weindürstiger. Denn am roten Wein ergötzt er sich wunderbarlich; das läßt ihn so blutig erscheinen.

Petronius. Dann leistet ihm der Rüssel zum Schöpfen gute Dienste.

Gabriel. Vortreffliche.

Petronius. Sein Wappen schildert ihn somit als einen großen, dummen Windmacher und als Weingurgel. Die Farbe deutet auf den Wein, nicht auf Blut, und der goldene Elefant zeigt an, daß das Gold, das er erhalten, im Wein sein Ende gefunden hat.

Gabriel. So ist's.

Petronius. Was für eine Mitgift soll nun dieser Thraso seiner Braut zugebracht haben?

Gabriel. O, eine recht große.

Petronius. Wieso eine große von einem Verschwender?

Gabriel. Laßt mich doch ausreden: eine recht große, sage ich, und recht böse – Krätze.

Petronius. Wahrhaftig, lieber würde ich meine Tochter mit einem Reitpferd als mit einem solchen Reitersmann verheiraten.

Gabriel. Ich würde sie sogar lieber einem Mönch zur Frau geben. Denn jenes heißt nicht einen Menschen, sondern eines Menschen Leiche ehelichen. Und nun, wenn Ihr diesem Schauspiel beigewohnt hättet, würdet Ihr die Tränen zurückgehalten haben?

Petronius. Wie hätte ich das über mich gebracht, kann ich doch den Bericht hierüber kaum tränenlos anhören! Können sich Eltern so sehr jedem Gefühl der natürlichen Liebe gegenüber verhärten, daß sie ihre einzige Tochter, die schön, begabt und von Charakter liebenswert ist, in die Knechtschaft eines solchen Ungeheuers überantworten, und das wegen eines lügnerischen Wappenschildes?

Gabriel. Eine solche Handlungsweise, die unmenschlichste, grausamste, gottloseste, die ich mir denken kann, ist eben heutzutage für unsere großen Herren nur ein Spiel; und doch ist es von Nutzen, daß die, welche zum Regieren des Staates geboren werden, sich der besten Gesundheit erfreuen. Denn die Beschaffenheit des Körpers wirkt auf die Kraft des Geistes zurück. Sicherlich pflegt diese Krankheit dem Menschen das Hirn auszutrocknen. So kann es kommen, daß Leute dem Staate vorstehen, die weder geistiger noch körperlicher Gesundheit sich erfreuen.

Petronius. Nicht nur geistig gesund und kräftig sollten die Regierenden sein, auch körperlich sollten sie nach Gestalt und Würde sich hervortun. Denn wenn auch Weisheit und Lauterkeit die erste Empfehlung der Herrschenden sind, so ist es doch auch keineswegs gleichgültig, wie derjenige körperlich beschaffen ist, welcher den andern befiehlt. Ist er grausam, so wird ihm die Häßlichkeit noch weit mehr Abscheu eintragen; ist er aber ehrlich und fromm, so erscheint die Tugend um so anmutiger, wenn sie aus einem schönen Körper hervorgeht.

Gabriel. Das stimmt.

Petronius. Beklagt man nicht diejenigen als unglücklich, deren Gatten nach der Hochzeit den Aussatz bekommen oder das fallende Weh?

Gabriel. Ganz gewiß.

Petronius. Ja, wie soll man dann aber die Narrheit bezeichnen, aus freien Stücken eine Tochter einem mehr als Aussätzigen zu überantworten?

Gabriel. Das ist ärger als verrückt. Wenn ein Edelmann junge Hunde aufziehen will, wird er dann zu dem rassereinen Weibchen einen räudigen, faulen Köter zulassen?

Petronius. Er würde vielmehr mit aller Sorgfalt Umschau halten, daß er von irgendwoher ein Männchen von guter Art auftreibe, damit keine Zwitter entstehen.

Gabriel. Und wenn der Herzog seinen Pferdebestand vermehren will, wird er da wohl eine ausgezeichnete Stute von einem kranken, degenerierten Hengst bespringen lassen?

Petronius. Er würde den kranken Gaul nicht einmal in den gemeinsamen Stall zulassen, damit die Krankheit die andern nicht anstecke.

Gabriel. Das aber scheint gleichgültig, was für einen Mann man zur Tochter läßt und was für Kinder dann auf die Welt kommen, die doch nicht nur in das Erbe aller Besitztümer eintreten, sondern auch den Staat lenken sollen.

Petronius. Kein Bauer läßt den ersten besten Stier zur jungen Kuh, noch jeden Hengst zur Stute, noch sogar jeden Eber zur Sau; obschon der Stier für den Pflug, das Pferd für den Wagen, das Schwein für die Küche geschaffen ist.

Gabriel. Da sieht man, wie verkehrt der Menschen Urteile sind. Wenn ein Plebejer einer Patrizierstochter einen Kuß abzwingt, so meinen sie, diese Schmach müsse mit Krieg gerächt werden.

Petronius. Und zwar mit Krieg auf Leben und Tod.

Gabriel. Sie aber überliefern mit Willen und Wissen ihr Teuerstes einem Scheusal und vergehen sich so persönlich gegen ihr eigenes Geschlecht gottlos, öffentlich aber gegen den Staat.

Petronius. Hinkt ein Freier etwas, ist aber sonst gesund, wie macht man da gleich ein Kreuz vor einer Heirat! Dagegen eine Krankheit wie die genannte wird bei einem Verlöbnis nicht in Rechnung gestellt.

Gabriel. Gibt einer seine Tochter einem Franziskaner, was ist das für ein Entsetzen! Und doch hat sie, wenn das Kleid gefallen ist, einen Mann mit kräftigen Gliedern, während sie so ihr ganzes Leben mit einem Halbtoten verbringen muß. Heiratet eine einen Geistlichen, so höhnen sie auf den Gesalbten; dieses Mädchen aber hat einen geheiratet, der weit schlimmer gesalbt ist.

Petronius. Kaum Feinde handeln so an erbeuteten Mädchen oder Piraten an den verbrecherisch entführten; und hier tun es die Eltern gegenüber der einzigen Tochter, und es wird ihnen von der Behörde kein Kurator gesetzt.

Gabriel. Wie kann der Arzt dem Hirnkranken zu Hilfe eilen, wenn er in derselben Schule krank ist?

Petronius. Es ist wirklich merkwürdig, daß die Fürsten, deren Pflicht es ist, über den Staat zu wachen, auch soweit es den Leib angeht, wozu in erster Linie die gute Gesundheit gehört, kein Hilfsmittel gegen diese Krankheit suchen. Eine Pest von solcher Art hat einen guten Teil der Welt sich erobert, und jene schnarchen dabei, als ginge sie das nichts an.

Gabriel. Über die Regierenden, Petronius, soll man mit Ehrfurcht sprechen. Doch haltet Euer Ohr her, ich will Euch schnell ein Wörtchen hineinflüstern.

Petronius. O Jammer! Würdet Ihr doch die Unwahrheit sagen!

Gabriel. Was für Krankheiten, meint Ihr, entstehen aus den gefälschten, auf tausend Arten verdorbenen Weinen?

Petronius. Ungezählte, wenn man den Behauptungen der Ärzte Glauben schenken darf.

Gabriel. Haben unsere Behörden acht hierauf?

Petronius. Die wachen über dem Eintreiben der Steuern.

Gabriel. Die, welche wissend einen kranken Mann ehelicht, verdient vielleicht ihr Unglück, weil sie es sich selbst zugezogen hat; trotzdem, wenn ich zu regieren hätte, ich würde beide aus der städtischen Gemeinschaft stoßen. Wenn aber eine Frau sich mit einer solchen Seuche verheiratete, weil er sich für gesund ausgegeben hatte, so würde ich, wenn mir einer das Pontifikat übertrüge, diese Ehe trennen, und wäre sie mit sechshundert Verlöbnisurkunden sanktioniert.

Petronius. Mit welcher Begründung? Eine rechtlich geschlossene Ehe kann ja von Menschen nicht getrennt werden.

Gabriel. Was, scheint Euch das rechtlich geschlossen, was mit schlimmer List vereinbart worden ist? Der Vertrag gilt nichts, wenn das Mädchen getäuscht einen Unfreien, den es für frei hielt, geheiratet hat. Der, den es zum Manne erhielt, ist der Sklave der elendesten Dame Krätze, und diese Sklaverei ist um so unheilvoller, als niemand von ihr loskommt, somit auch nicht eine leise Hoffnung auf Befreiung für das Elend dieser Knechtschaft Trost gewähren kann.

Petronius. Das läßt sich hören.

Gabriel. Überdies gibt es eine Ehe nur unter Lebenden. Hier aber wird ein Toter geheiratet.

Petronius. Das ist wiederum ein Grund für Eure Ansicht. Dafür sollte man, mein' ich, nach dem alten Sprichwort »Gleich und gleich gesellt sich gern« die mit Räude Behafteten einander heiraten lassen.

Gabriel. Dürft' ich so handeln, wie's dem Staatswesen frommen würde, ich ließe sie sich verbinden, würde dann aber die Verheirateten verbrennen.

Petronius. Das wäre dann freilich mehr nach Art eines Tyrannen wie Phalaris gehandelt, als nach Art eines Fürsten.

Gabriel. Ja, aber erscheint Euch der Arzt als ein Phalaris, der einige Finger amputiert oder einen Teil des Körpers brennt, damit nicht der ganze zugrunde gehe? Mir kommt das nicht als Grausamkeit vor, sondern als Mitleid. Wär' das nur gleich beim Beginn des ausbrechenden Unheils geschehen! Damals hätte durch den Tod einiger Weniger für die Wohlfahrt der ganzen Erde gesorgt werden können. Ein Beispiel hierfür findet man in der Geschichte Frankreichs.

Petronius. Milder wär's immerhin, die kranken Männer zu kastrieren und abzusondern.

Gabriel. Was sollte man aber mit den Weibern machen?

Petronius. Denen würde ich einen Keuschheitsgürtel anlegen.

Gabriel. Auf diese Weise wäre dann freilich dafür gesorgt, daß die schlechten Raben keine schlechten Eier legen; milder als das andere wäre das schon, ich gebe es zu; sicherer aber mein Vorschlag, wie Ihr auch zugeben müßt. Denn auch die Kastrierten haben ihre fleischlichen Gelüste; und zudem überträgt sich die Krankheit nicht auf eine einzige Art, sondern auch durch den Kuß, durch das Gespräch, durch Berührung, durch gemeinsames Zechen macht sie sich an andere heran. Man kann auch beobachten, daß dieser Krankheit noch eine besondere Bosheit eigen zu sein pflegt: nämlich daß, wer sie hat, Schadenfreude empfindet, wenn er sie möglichst vielen anhängen kann. Die Abgesonderten können sich flüchten und dann des Nachts oder indem sie sich an Leute, die sie nicht kennen, heranmachen, Schaden üben. Nur bei den Toten ist man vor Gefahr sicher.

Petronius. Sicherer mag das sein, ich geb's zu; aber ich weiß doch nicht, ob es sich mit der christlichen Gutherzigkeit verträgt.

Gabriel. Ja, aber sagt mal: Wer ist gefährlicher: gewöhnliche Diebe oder jene Menschen?

Petronius. Ich geb' zu, daß das Geld weit weniger wert ist als die gute Gesundheit.

Gabriel. Und doch hängen wir Christen die Diebe, und man nennt das nicht Grausamkeit, sondern Gerechtigkeit. In bezug auf das Staatswesen ist es sogar eine Wohltat.

Petronius. In jenem Fall wird aber der bestraft, der Schaden zugefügt hat.

Gabriel. Ja, aber was für Gewinn denn bringen diese Kranken? Doch geben wir auch zu, daß diese Krankheit viele ohne ihre Schuld befällt, obschon man wenige finden dürfte, die sie sich nicht durch Nichtsnutzigkeit zugezogen haben – so lehren die Juristen, daß unter Umständen Schuldlose mit Recht den Tod finden, wenn das zum großen Nutzen des Staates geschieht. So haben die Griechen nach der Zerstörung Trojas den Astyanax, des Hektor Sohn, getötet, damit nicht durch ihn der Krieg erneuert werde. Man hält es nicht für eine Gottlosigkeit, nach der Vernichtung eines Tyrannen auch seine unschuldigen Kinder hinzumorden. Und wir Christen, die wir ständig Krieg führen, wissen wir denn nicht, daß im Krieg der größte Teil des Übels auf die entfällt, die völlig unschuldig sind? Ebenso verhält es sich mit dem, was sie Repressalien nennen. Der Angreifer sitzt in Sicherheit, und ausgeraubt wird der Kaufmann, der nicht einmal von dem Geschehnis Kunde hatte, geschweige denn, daß von einer Schuld seinerseits die Rede sein kann. Wenn wir solche Mittel anwenden in Fällen von nicht so großer Wichtigkeit, was meint Ihr soll man tun, wo es sich um das Furchtbarste von allem handelt?

Petronius. Ich gebe mich der Wahrheit dieser Worte gefangen.

Gabriel. Dann bedenkt noch das: Sobald bei den Italienern die Pest nur aufzuflackern beginnt, werden die Häuser geschlossen und diejenigen, welche dem Kranken Handreichung leisten, werden von der Öffentlichkeit abgesondert. Das nennen einige inhuman, während es doch die höchste Humanität ist. Durch diese Wachsamkeit wird erreicht, daß mit wenigen Todesfällen die Krankheit zur Ruhe kommt. Das ist aber doch gewiß eine große Humanität, für das Leben so vieler Tausende gesorgt zu haben! Es gibt solche, welche es für wenig gastfreundlich halten, daß die Italiener bei Pestgerüchten zur Abendzeit den Fremden von ihren Toren weisen und ihn zwingen, unter freiem Himmel die Nacht zu verbringen; in Wahrheit ist es ein Akt der Menschlichkeit, für das höchste Gut des Staates Sorge zu tragen. Es gibt solche, die sich für stark und dienstfertig halten, wenn sie es wagen, zu einem Pestkranken herzuzukommen, obschon sie gar nichts da zu schaffen haben. Sind sie heimgekehrt, so stecken sie Frauen und Kinder und die ganze Familie an. Was gibt es nun Einfältigeres als diese Tapferkeit, was Pflichtwidrigeres als einen solchen Diensteifer eines Menschen, der, nur um einen weltsfremden Menschen begrüßen zu können, seine liebsten Angehörigen in Todesgefahr bringt? Und doch wieviel weniger gefährlich ist die Pest im Vergleich zu der Seuche, von der wir sprechen! Jene greift die Nächsten nicht immer an, auch alte Leute befällt sie kaum, und welche sie befällt, die erlöst sie entweder bald oder gibt sie der Gesundheit zurück, ja macht sie gesünder noch, als sie vorher waren. Unsere Seuche aber ist nichts als ein beständiges Sterben oder, um es noch richtiger zu sagen, eine beständige Bestattung. In Linnen und Salben werden sie eingehüllt, wie Leichen.

Petronius. Ihr habt ganz recht. Man sollte wenigstens dieser Krankheit gegenüber dieselbe Sorgfalt anwenden, wie gegenüber dem Aussatz. Wenn das aber zu viel erscheint, so sollte doch keiner sich den Bart scheren lassen, oder er sollte sein eigener Barbier sein.

Gabriel. Wie aber, wenn beide – der Barbier und sein Klient – den Mund schließen?

Petronius. Durch die Nase wird die Krankheit eingeatmet.

Gabriel. Auch hierfür gibt es ein Hilfsmittel.

Petronius. Was für eins?

Gabriel. Das die Alchemisten anzuwenden pflegen, die eine Maske vorlegen, die durch Glasfensterlein den Augen Licht zuführt und Mund und Nase die Atmung frei läßt, indem von der Maske aus ein Rohr unter den Achselhöhlen hin sich nach dem Rücken erstreckt.

Petronius. Das wäre gut, wenn nur nichts von der Berührung der Finger, der Linnen, des Kamms und der Schere zu befürchten wäre.

Gabriel. Dann wär's eben das beste, sie würden den Bart bis auf die Knie herab tragen.

Petronius. So scheint mir. Dann sollte ein Verbot ergehen, daß der Barbier nicht zugleich Chirurg sein soll.

Gabriel. Da verurteilt Ihr die Barbiere zum Hunger.

Petronius. Sie mögen ihren Aufwand einschränken und etwas mehr fürs Rasieren fordern.

Gabriel. Einverstanden.

Petronius. Dann sollte ein Gesetz erlassen werden, daß keiner den Becher mit dem andern gemeinsam haben soll.

Gabriel. Dieses Gesetz würden die Engländer kaum annehmen.

Petronius. Es dürften auch nicht zwei im selben Bett schlafen, ausgenommen Mann und Frau.

Gabriel. Gut.

Petronius. Ferner dürfte in Gasthäusern kein Gast auf Leintüchern schlafen, die ein anderer schon benutzt hat.

Gabriel. Was sollen dann aber die Deutschen machen, die kaum zweimal im Jahre waschen?

Petronius. Sie mögen ihre Wäscherinnen zu vermehrter Arbeit antreiben. Ferner sollte die, wenngleich alte, Sitte des Küssens beim Grüßen aufgehoben werden.

Gabriel. Auch in den Kirchen?

Petronius. Jeder mag seine Hand auf das Täfelein legen.

Gabriel. Und beim Reden?

Petronius. Da sollte jenes Wort des Homer: »indem er den Kopf nahe hielt« vermieden werden, und hinwiederum sollte, wer zuhört, die Lippen aufeinanderdrücken.

Gabriel. Für alle diese Gebote würden die zwölf Tafeln kaum genügen.

Petronius. Aber über alledem: wie soll man's nun mit dem unglücklichen Mädchen halten?

Gabriel. Was ist da zu raten, als daß sie ihr Unglück willig ertrage, um weniger unglücklich zu sein, daß sie dem Kuß ihres Gatten die Hand entgegenhalte und geharnischt mit ihm schlafe.

Petronius. Wohin eilt Ihr jetzt?

Gabriel. Direkt in mein Studierzimmer.

Petronius. Um was zu tun?

Gabriel. Statt eines Hochzeitsgedichts, wie sie es von mir fordern, eine Grabschrift aufzusetzen.

Der Schiffbruch

Naufragium

Antonius · Adolphus

Antonius. Schreckbares erzählst du da. Das heißt man also eine
Schiffahrt? Gott behüte mich, daß mir je so etwas in den Sinn
komme.

Adolphus. Ach, das was ich bis jetzt erzählt habe, ist ja nur ein Spaß
im Vergleich zu dem, was du noch zu hören bekommen wirst.

Antonius. Ich hab' schon mehr als genug Unglück gehört. Mich
schaudert, wie du da erzählst, als wär' ich selber dabei gewesen.

Adolphus. Für mich heißt's: Ende gut, alles gut. In jener Nacht trug
sich etwas zu, was dem Steuermann ein gut Teil der Hoffnung auf
Rettung benahm.

Antonius. Was denn?

Adolphus. Die Nacht war ziemlich hell. Zuoberst im Mastbaum stand
einer von den Schiffsleuten im sogenannten Mastkorb, der Auslug
hielt, ob er irgendwo Land erblicke; dieser nun sah sich zur Seite
auf einmal eine feurige Kugel, was den Schiffern als schlimme Vorbedeutung gilt, wenn es als einzelnes Feuer auftritt, als glückliche,
wenn es sich um ein Zwillingslicht handelt. Die Alten deuteten dieses
als Kastor und Pollux.

Antonius. Was haben denn diese zwei mit den Schiffern zu tun? war
doch der eine ein Reiter, der andere ein Faustkämpfer.

Adolphus. So wollten es nun einmal die Dichter. Der Schiffsmann, der
am Steuer saß, sagte: Kamerad – denn so nennen sich gegenseitig
die Schiffsleute – siehst du, was für einen Gefährten du zur Seite
hast? Ich seh's, antwortete dieser, und bete, er möge uns glückverhei-
ßend sein. Bald darauf senkte sich die feurige Kugel durch die
Schiffstaue herab und wälzte sich bis zum Steuermann hin.

Antonius. Ist der nicht vor Angst leblos geworden?

Adolphus. Die Schiffer sind an dergleichen Wundererscheinungen gewöhnt. Die Kugel blieb dann ein Weilchen dort liegen, fuhr dann
weiter an den Rändern des ganzen Schiffes und mitten über das

Verdeck hin und verschwand hierauf. Um Mittag begann der Sturm immer stärker zu toben. Hast du je die Alpen gesehen?

Antonius. Jawohl.

Adolphus. Nun also: jene Berge sind Warzen im Vergleich zu den Wellen des Meeres. Wurden wir in die Höhe gehoben, so hätte man mit dem Finger den Mond berühren können; ging's aber in die Tiefe, so hätte man meinen mögen, die Erde tue sich auf und man fahre geradeswegs in die Unterwelt.

Antonius. Die Toren, die sich dem Meere anvertrauen!

Adolphus. Als die Schiffer vergebens gegen den Sturm ankämpften, trat der Steuermann ganz bleich zu uns.

Antonius. Sein bleiches Aussehen bedeutete sicherlich ein großes Unglück?

Adolphus. Freunde, sagte er, ich bin nicht mehr der Herr meines Fahrzeugs; die Winde sind Sieger geworden; jetzt bleibt nur noch die Hoffnung auf Gott; jeder mag sich auf das Schlimmste gefaßt machen.

Antonius. Ein böses Wort.

Adolphus. In erster Linie aber, fuhr er fort, gilt es, das Schiff zu entlasten; so will's die harte Notwendigkeit; es ist besser mit Hintanlassung von Hab und Gut für das Leben zu sorgen, als mit ihnen zugleich unterzugehen. – Die Wahrheit dieser Worte überzeugte uns: die meisten Kisten voll kostbaren Guts wurden ins Meer geworfen.

Antonius. Das nennt man einen schlechten Wurf tun.

Adolphus. Es war ein Italiener da, der Gesandter beim König von Schottland gewesen war; dieser hatte eine Kiste bei sich voll von Silbergeschirr, Ringen, Tuch und seidenen Kleidern.

Antonius. Der wollte wohl nicht mit dem Meer paktieren?

Adolphus. Nein, sondern er wünschte, entweder mit seinen lieben Schätzen unterzugehen, oder mit ihnen gerettet zu werden. Er leistete daher Widerstand.

Antonius. Was meinte der Schiffsherr dazu?

Adolphus. Meinetwegen, sagte er, könntet Ihr mit Eurer Habe allein untergehen; aber es wäre unbillig, sollten wir alle wegen Eurer Kiste Gefahr laufen. So wollen wir Euch denn zusammen mit Eurer Habe ins Meer werfen.

Antonius. Das nennt man eine Schifferrede.

Adolphus. So mußte denn auch der Italiener auf seine Habe verzichten, wobei er den Überirdischen und Unterirdischen fluchte, daß er sein Leben einem so barbarischen Element anvertraut hatte.

Antonius. An dem Wort barbarisch erkenn' ich den Italiener.

Adolphus. Bald darauf, da die Winde durch unsere Geschenke sich nicht milder hatten stimmen lassen, rissen die Taue und zerschlissen die Segel. Da trat der Schiffsmann wieder zu uns heran.

Antonius. Um eine Ansprache zu halten?

Adolphus. Er begrüßte uns: Freunde, sagte er, die Stunde mahnt, daß ein jeder sich Gott anbefehle und sich auf den Tod vorbereite. Von einigen, die sich auf die Schiffahrt etwas verstanden, befragt, auf wieviel Stunden er glaube das Schiff noch halten zu können, meinte er, er könne nichts versprechen; aber mehr als drei Stunden jedenfalls nicht.

Antonius. Diese Rede war noch grausamer als die frühere.

Adolphus. Als er das gesagt hatte, ließ er alle Taue zerhauen und den Mastbaum bis auf das Unterlager, in das er eingefügt ist, durchsägen und samt den Segelstangen ins Meer werfen.

Antonius. Wozu das?

Adolphus. Weil das jetzt, nachdem das Segel fort oder zerrissen war, nur eine Last bildete und keinen Nutzen und die ganze Hoffnung einzig im Steuerruder lag.

Antonius. Was taten inzwischen die Mitfahrenden?

Adolphus. Da hättest du einen jämmerlichen Anblick gehabt. Die Schiffer sangen: Salve Regina, flehten die jungfräuliche Mutter an, nannten sie den Meerstern, die Königin des Himmels, die Herrin der Welt, den Port des Heils und schmeichelten ihr noch sonst mit vielen Titeln, deren keinen die Heilige Schrift ihr gibt.

Antonius. Was hat sie überhaupt mit dem Meere zu tun, sie, die doch, wie ich meine, niemals eine Schiffahrt unternommen hat?

Adolphus. Einst trug Venus Sorge um die Schiffer, weil man sie aus dem Meere geboren glaubte; da sie nun aufgehört hat zu sorgen, ist an die Stelle dieser nicht jungfräulichen Mutter die jungfräuliche Mutter gesetzt worden.

Antonius. Du treibst Spaß.

Adolphus. Einige warfen sich aufs Verdeck nieder und beteten das Meer an, indem sie, was von Öl da war, in die Wellen gossen, und schmeichelten ihm nicht anders, als man es einem erzürnten Fürsten gegenüber tut.

Antonius. Ja, was sagten sie denn?

Adolphus. O du gnädigstes, großmütigstes, reichstes, schönstes Meer; sei milde, bewahre uns! Vieles von dieser Art sangen sie dem tauben Meere vor.

Antonius. Welch lächerlicher Aberglaube! Und die anderen?

Adolphus. Einige taten nichts, als sich erbrechen; die meisten taten Gelübde. Da war ein Engländer, der der Jungfrau von Walsingham goldene Berge versprach, wenn er heil ans Land komme. Andere gelobten vieles dem Stück Holz vom Kreuze, das an dem und dem Orte ist; andere wieder dem, das anderswo sich findet. Ebenso hielten sie's mit der Jungfrau Maria, die an vielen Orten herrscht; und sie meinen, das Gelübde sei umsonst, wenn man nicht einen bestimmten Ort nenne.

Antonius. Lächerlich, als wohnten die Himmlischen nicht in den Himmeln.

Adolphus. Es gab auch solche, welche versprachen, Kartäuser zu werden. Und einer war, der gelobte, er wolle zum heiligen Jakobus in Campostella barfuß und barhaupt pilgern, den Körper nur mit einem eisernen Panzerhemd bedeckt, und überdies mit erbettelter Zehrung.

Antonius. Dachte niemand an den Christopherus?

Adolphus. Doch, einen hörte ich, nicht ohne Lachen, wie er dem heiligen Christoph, der in Paris in der Kathedrale steht, mehr einem Berg als einer Statue gleich, eine Wachskerze so groß als er selbst sei, gelobte. Wie er das so laut er konnte rief und immerfort wiederholte, gab ihm ein Bekannter, der gerade in seiner Nähe stand, einen Stoß mit dem Ellbogen und mahnte ihn: Siehe zu, was du versprichst; auch wenn du alle deine Habe vergantest, könntest du das doch nie bezahlen. Worauf jener, schon mit leiserer Stimme, wohl damit es Christophorus nicht höre: Schweig doch, du Narr! Glaubst du denn, es sei mir ernst damit? Bin ich einmal am Lande, so werde ich ihm nicht einmal ein Unschlittlicht stiften.

Antonius. Was für ein fetter Kerl! Ich nehm' an, es werde ein Holländer gewesen sein.

Adolphus. Nein, es war ein Zeeländer.

Antonius. Mich wundert, daß keinem der Apostel Paulus in den Sinn gekommen ist, der doch selbst einst zur See war und aus einem

Schiffbruch sich ans Land rettete, der daher, mit diesem Unglück vertraut, wohl gelernt hat, den armen Betroffenen Hilfe zu leisten.

Adolphus. An den Paulus dachte niemand.

Antonius. Beteten sie inzwischen?

Adolphus. Ja, um die Wette. Einer plärrte: »Sei gegrüßt, du Königin!«, ein anderer: »Ich glaube an Gott«; es gab auch solche, die ihre Spezialgebetlein hatten gegen Gefahren, ähnlich den Zaubersprüchen.

Antonius. Wie doch die Not die Leute fromm macht! Im Glück kommt einem weder Gott noch irgend ein Heiliger in den Sinn. Was machtest denn du unterdessen? Tatest du keine Gelübde?

Adolphus. Keineswegs.

Antonius. Warum denn?

Adolphus. Weil ich mit den Heiligen nicht paktiere. Denn was anderes ist dies als ein Kontrakt nach der Formel: ich gebe, wenn du das und das tust, oder: ich werde dies tun, wenn du das tust – ich werde eine Kerze stiften, wenn ich durch Schwimmen mich rette; ich werde nach Rom gehen, wenn du mich bewahrst.

Antonius. Aber du riefest doch den Schutz irgend eines Heiligen an?

Adolphus. Nicht einmal das.

Antonius. Warum denn aber nicht?

Adolphus. Weil der Himmel gar weiträumig ist. Wenn ich nun einem Heiligen mein Heil anbefehlen wollte, sagen wir dem heiligen Petrus, der es vielleicht zuerst hören wird, da er bei der Himmelstür steht – dann würde ich, bevor er zu Gott hinkäme und bevor er meine Sache vorbrächte, untergegangen sein.

Antonius. Ja, was machtest du denn?

Adolphus. Ich wandte mich geradeswegs an den Vater selbst mit den Worten: »Unser Vater, der du bist in den Himmeln.« Von den Heiligen hört doch keiner rascher als Er, oder gewährt lieber das, worum gebeten wird.

Antonius. Hat aber bei alledem dein Gewissen keine Einsprache erhoben? Fürchtetest du nicht, **den** Vater zu nennen, den du durch so viele Vergehen beleidigt hattest?

Adolphus. Um ehrlich zu sein, mein Gewissen erschreckte mich etwas; bald aber faßte ich Mut, indem ich bei mir überlegte: kein Vater ist so erzürnt über seinen Sohn, daß er ihn nicht, wenn er ihn in einem Strom oder See in Gefahr sähe, an den Haaren fassen und an das Ufer ziehen würde. Unter all den Leuten blieb niemand ruhiger als eine Frau, der ihr Kind saugend an der Brust lag. Sie allein machte keine lauten Worte und weinte nicht und tat keine Versprechungen; nur still für sich hin betete sie, das Knäblein küssend. Da unterdessen das Schiff alle Augenblicke auf einer Untiefe aufstieß, ließ es der Steuermann aus Furcht, es möchte ganz auseinandergehen, mit Tauen vorn und hinten umbinden.

Antonius. Ein elender Schutz!

Adolphus. Mittlerweile erhob sich ein alter Priester von sechzig Jahren, mit Namen Adam; er warf die Kleider ab bis aufs Hemd, zog die Schuhe aus und forderte alle auf, sich in derselben Art auf das Schwimmen zu rüsten. Und wie er so inmitten des Schiffes stand, predigte er aus dem Gerson die fünf Wahrheiten vom Nutzen der Beichte und ermahnte alle, sich zum Leben wie zum Tode vorzubereiten. Es war auch ein Dominikaner da; diesen beiden beichtete, wer Lust hatte.

Antonius. Du nicht?

Adolphus. Da ich alles so voll Tumult sah, beichtete ich stille Gott selbst, indem ich vor ihm meine Ungerechtigkeit verdammte und seine Gnade anrief.

Antonius. Wo wärest du wohl hingekommen, wenn du gestorben wärest?

Adolphus. Das überließ ich dem Richterspruch Gottes; denn mein eigener Richter wollte ich nicht sein; doch erfüllte inzwischen gute Hoffnung meinen Geist. Während all dies im Gange war, kam der Schiffsmann wieder unter Tränen zu uns: Möge sich jeder rüsten, sagte er, das Schiff wird uns keine Viertelstunde mehr etwas nützen. Denn schon drang an einigen Stellen das Wasser ein. Kurz darauf meldete der Schiffer, er sehe in der Ferne einen Kirchturm, und mahnte uns, wir sollten den Heiligen, der der Patron jener Kirche sei, um Hilfe anflehen. Alle fielen auf die Knie und beteten zu dem unbekannten Heiligen.

Antonius. Hättet ihr ihn bei seinem Namen angerufen, vielleicht würde er euch erhört haben.

Adolphus. Sein Name war uns eben nicht bekannt. Unterdessen lenkte der Steuermann nach Kräften das schon lecke Schiff, in das von allen Seiten das Wasser eindrang und das ohne die Gurt von Seilen ganz auseinander gefallen wäre, nach jener Richtung.

Antonius. Eine böse Lage!

Adolphus. Wir kamen so weit vorwärts, daß die Bewohner der Gegend uns in unserer Gefahr sehen konnten; und indem sie in Haufen an den äußersten Rand des Ufers rannten, luden sie uns durch aufgehobene Gewandstücke und durch Hüte, die sie auf Stangen steckten, zu sich ein, und indem sie die Arme zum Himmel emporhoben, drückten sie uns ihre Teilnahme an unserem Los aus.

Antonius. Ich bin gespannt, wie die Sache nun ablief.

Adolphus. Schon hatte das Meer das ganze Schiff in Beschlag genommen, so daß wir im Schiff um nichts sicherer gewesen wären als im Meere selbst.

Antonius. Nun hieß es allerdings zum heiligen Anker seine Zuflucht nehmen.

Adolphus. Das heißt: zum Elendsanker. Die Schiffsleute schöpften das Wasser aus dem kleinen Nachen und ließen ihn ins Meer hinab. Da versuchten sich alle in dieses Boot zu werfen, obschon die Schiffsleute lauten Widerspruch erhoben: der Nachen fasse nicht so viele Leute, es solle vielmehr jeder ergreifen, was er könne, und schwimmen. Die Lage duldete keine langen Beratungen: einer ergriff ein Ruder, ein anderer eine Stange, ein dritter eine Mulde, ein vierter einen Eimer, wieder ein anderer ein Brett; und so vertrauten sie sich, jeder auf sein Schutzmittel sich verlassend, den Wellen an.

Antonius. Wie ging's denn dabei jener Frau, die allein nicht wehklagte?

Adolphus. Sie kam als erste von allen ans Ufer.

Antonius. Wie ging denn das zu?

Adolphus. Wir hatten sie auf eine gebogene Planke gesetzt und so angebunden, daß sie nicht leicht herunterfallen konnte; dann gaben wir ihr ein Brettchen in die Hand, das sie als Ruder gebrauchen konnte. Und so setzten wir sie mit guten Wünschen in die Flut aus, indem wir mit einer Stange sie vom Schiff wegstießen; denn von daher war Gefahr zu befürchten. Sie hielt ihr Kindlein in der Linken und ruderte mit der Rechten.

Antonius. Eine wahre Heldenjungfrau!

Adolphus. Da sonst nichts mehr vorrätig war, riß einer ein Holzbild der Mutter Gottes los, das schon ganz morsch und ausgehöhlt war von den Spitzmäusen, und es umfassend begann er damit zu schwimmen.

Antonius. Und der Nachen, kam er heil ans Land?

Adolphus. Seine Insassen kamen zuerst um, hatten sich doch dreißig in das Boot gestürzt.

Antonius. Wie geschah dieses Unglück?

Adolphus. Bevor der Nachen sich von dem großen Schiff frei machen konnte, wurde er durch dessen Schwankungen umgekippt.

Antonius. Schrecklich! Und du?

Adolphus. Ich selbst wäre beinahe umgekommen, während ich den anderen Ratschläge gab.

Antonius. Wieso?

Adolphus. Weil nichts mehr übrig geblieben war, was zum Schwimmen hätte dienen können.

Antonius. Da hätten Korkhölzer gute Dienste getan.

Adolphus. Allerdings hätte ich in dieser Lage ein elendes Pantoffelholz einem goldenen Leuchter vorgezogen. Als ich mich so umsah, fiel mir auf einmal der unterste Teil des Mastbaums ein; da ich ihn aber allein nicht herausschaffen konnte, nahm ich mir einen Gefährten; indem wir uns nun beide darauf stützten, überließen wir uns dem Meere, in der Art, daß ich das rechte Ende, er das linke inne hatte. Während wir so hin und her getrieben wurden, warf sich jener Priester, der auf dem Schiff uns gepredigt hatte, mitten drein auf unsere Schultern. Er war aber von sehr bedeutender Größe. Wir riefen daher aus: Wer ist dieser Dritte? er wird uns alle miteinander verderben. Er aber antwortete sanftmütiglich: Seid guten Mutes, es ist Platz genug. Gott wird mit uns sein.

Antonius. Warum fing denn dieser Mann so spät erst zu schwimmen an?

Adolphus. Er wäre in dem Nachen gewesen samt dem Dominikaner, denn alle hatten ihm diese Ehre zugesprochen; aber obschon die beiden sich gegenseitig in dem Schiff gebeichtet, taten sie dies, weil sie irgend etwas vergessen hatten, noch einmal am Rande des Schiffes, und einer legte dem anderen die Hand auf. Inzwischen aber ging das Boot unter. So erzählte mir der Herr Adam.

Antonius. Wie erging es aber dem Dominikaner?

Adolphus. Dieser erflehte, wie mir Adam erzählte, der Heiligen Hilfe, warf seine Kleider ab und ergab sich nackend dem Schwimmen.

Antonius. Welche Heiligen rief er an?

Adolphus. Den Dominikus und Thomas und Vincentius und irgend einen Petrus, besonders aber empfahl er sich der Katharina von Siena.

Antonius. Christus kam ihm scheint's nicht in den Sinn?

Adolphus. So erzählte der Priester.

Antonius. Er wäre wohl besser geschwommen, wenn er die Kutte nicht abgelegt hätte; denn, nachdem er sie von sich getan hatte, wie konnte ihn da die Katharina von Siena erkennen? Aber erzähle weiter von dir!

Adolphus. Während wir neben dem Schiffe einhergetrieben wurden, traf das Steuerruder den, der die linke Seite inne hatte, und zerschlug ihm den Schenkel. So wurde er vom Mastbaum weggerissen; der Priester wünschte ihm die ewige Ruhe und rückte an seinen Platz nach, wobei er mich ermahnte, ich sollte genau auf mein rechtes Ende acht geben und fleißig die Füße rühren. Inzwischen bekamen wir viel Salzwasser zu schlucken. Der Gott Neptun hatte uns nicht nur ein salziges Bad, sondern auch einen salzigen Trunk gerichtet, obschon der Geistliche ein Mittel dagegen zeigte.

Antonius. Was für eins?

Adolphus. So oft eine Welle uns entgegenkam, warf er ihr den Hinterkopf entgegen, wobei er den Mund geschlossen hielt.

Antonius. Ein wackerer Alter!

Adolphus. Als wir so schwimmend etwas vorwärts gekommen waren, sagte der Mann, da er, wie gesagt, von außergewöhnlicher Körpergröße war: Sei guten Mutes, ich fühle Grund unter den Füßen. Ich wagte nicht an ein solches Glück zu glauben und entgegnete: Wir sind ja noch zu weit von der Küste entfernt, als daß wir hoffen könnten, auf den Grund zu kommen. Aber, sagte er, ich fühle den Boden mit den Füßen. Das ist, erwidere ich, vielleicht eine von den Kisten, die das Meer hierher getrieben hat. Nein, meinte er, mit den Zehen spüre ich deutlich den Boden. Als wir nun noch eine Zeitlang geschwommen waren und er wieder auf den Grund kam, sagte er: Mach, was dir das beste scheint, ich überlaß dir den ganzen Mastbaum und vertraue mich dem seichten Gewässer an. Und indem er das Abfließen der Wellen abwartete, folgte er zu Fuß, so rasch er konnte. Wenn dann die Wellen zurückkehrten, umklammerte er mit beiden Händen seine Kniee und stemmte sich der Flut entgegen, sich unter den Wellen bergend, wie die Tauchvögel und die Enten zu tun pflegen. Wiederum, wenn die Flut zurückging, tauchte er auf und ging weiter. Wie ich sah, daß er das mit Erfolg tat, befolgte ich sein Beispiel. Am Strande standen kräftige, meergewohnte Männer, die sich gegenseitig lange Stangen reichten und damit dem Anprall der Wogen sich entgegenstemmten; der äußerste von ihnen hielt dem Heranschwimmenden eine Stange entgegen; hatte er sie angefaßt, so machten sich alle ans Ufer zurück, und er wurde sicher aufs Trockene gezogen. Durch diese Hilfeleistung wurden einige gerettet.

Antonius. Wieviele?

Adolphus. Sieben; von diesen aber schwanden noch zwei dahin, als man sie an die Wärme des Feuers brachte.

Antonius. Wieviel waren im ganzen in dem Schiff?

Adolphus. Achtundfünfzig.

Antonius. Du grausames Meer! wenigstens mit dem Zehnten hätte es sich zufrieden geben können, wie die Priester. Aus einer so großen Zahl hat es nur so wenige herausgegeben!

Adolphus. Dort haben wir die unsagbare Menschenfreundlichkeit des Volkes erfahren dürfen. Alles boten sie uns mit bewundernswerter Freudigkeit an: Herberge, Feuer, Speise, Kleider, Wegzehrung.

Antonius. Was für ein Volk war es?

Adolphus. Holländer.

Antonius. Ein humaneres als dieses gibt es auch nicht, obschon es von so unkultivierten Nationen umgeben ist. In Zukunft, denk' ich, wirst du's mit dem Neptun nicht mehr probieren.

Adolphus. Gewiß nicht, wenn anders mich Gott bei Verstand läßt.

Antonius. Und was mich betrifft, so höre ich auch lieber solche Dinge erzählen, als daß ich sie am eigenen Leibe erfahre.

Von Gasthäusern

Diversoria

Bertulf · Wilhelm

Bertulf. Wie kommt es nur, daß manche Reisende zwei oder gar drei Tage in Lyon sich aufhalten? Bin ich einmal auf der Reise, so ruhe ich nicht, bis ich an mein Ziel gekommen bin.

Wilhelm. Ich meinerseits wundre mich vielmehr, wie einer von dort loskommen kann.

Bertulf. Weshalb denn?

Wilhelm. Weil das ein Ort ist, von dem die Gefährten des Odysseus sich nicht losgerissen hätten. Dort gibt es in Wahrheit Sirenen. Niemand kann bei sich zu Hause besser traktiert werden, als man es dort im Gasthause ist.

Bertulf. Wieso?

Wilhelm. Beim Tisch war da stets eine Frauensperson zugegen, die durch ihre kurzweiligen Reden und ihre Anmut das Mahl erheiterte. Und man trifft dort auf eine bewundernswerte Schönheit der Körperformen. Zuerst trat die Hausherrin heran, die uns begrüßte und uns vergnügt sein und das Gebotene gut aufnehmen hieß. Ihr folgte die Tochter, eine elegante Erscheinung, in Benehmen und Sprache so gefällig, daß sie selbst einen Cato froh hätte stimmen müssen. Und sie sprachen mit uns nicht wie mit unbekannten Gästen, sondern wie mit längst bekannten und vertrauten.

Bertulf. Daran erkennt man den feinen Anstand des französischen Volkes.

Wilhelm. Da nun aber diese Frauen nicht beständig zugegen sein konnten, weil sie den Hausgeschäften nachgehen mußten und auch noch andere Gäste zu begrüßen waren, so stellte sich gleich eine in allen Scherzen gewandte Aufwärterin ein. Diese eine war nicht nur imstande, die Witzgeschosse aller aufzufangen, sie unterhielt auch das Gespräch, bis die Tochter des Hauses zurückkam. Denn die Mutter war dafür etwas zu alt.

Bertulf. Wie stand's nun aber mit der Verpflegung? Vom bloßen Geplauder wird der Magen nicht satt.

Wilhelm. Wahrhaft vortrefflich, daß ich mich nur wundere, wie sie für so wenig Geld die Fremden aufnehmen können. Ist das Essen vorüber, so nähren sie den Gast mit angenehmen Reden, um alle schlechte Laune von ihm fern zu halten. Mir kam's vor, ich sei zu Hause, nicht auf der Reise.

Bertulf. Wie sieht es denn aber in den Schlafräumen aus?

Wilhelm. Auch dort traf man stets auf einige lachende, übermütige, scherzende Mädchen; ungefragt erkundigten sie sich, ob wir schmutzige Kleidungsstücke hätten, diese wuschen sie dann und brachten sie rein zurück. Kurz: überall sah man nur Mädchen und Frauen, ausgenommen im Stall; obschon selbst dorthin nicht selten diese Mädchen eindringen. Geht man fort, so umarmen sie den Fremden und entlassen ihn so herzlich, als wären's lauter Brüder oder nahe Verwandte.

Bertulf. Mag sein, daß diese Gebräuche den Franzosen anstehen; mir leuchten die deutschen Gebräuche mehr ein, weil sie männlicher sind. Wilhelm. Es war mir noch nie beschieden, Deutschland zu sehen; ich erfahre daher, wenn Euch das Erzählen nicht unangenehm ist, gerne von Euch, wie sie dort die Fremden aufnehmen.

Bertulf. Ob überall dieselbe Art die Gäste zu behandeln herrscht, weiß ich nicht; ich kann nur erzählen, was ich selber sah. Den Ankommenden begrüßt kein Mensch, damit es ja nicht den Anschein habe, als ob sie auf Gäste aus wären. Denn das halten sie für schmutzig und gemein und unwürdig der deutschen Ernsthaftigkeit. Hat man lange genug gerufen, so streckt schließlich jemand den Kopf aus einem Fensterlein der Wärmstube heraus (denn in diesen Stuben leben sie bis zur Sommer-Sonnenwende); man wird an eine Schildkröte erinnert, die den Kopf aus ihrer Schale hervorstreckt. Diesen Menschen nun muß man fragen, ob man hier nächtigen könne. Sagt er nicht nein, so bedeutet das: du findest Platz. Fragt man dann nach dem Stall, so zeigt man dir ihn durch eine Handbewegung. Da kannst du dann dein Pferd nach deiner Art besorgen; denn kein Knecht rührt eine Hand. Ist das Gasthaus höheren Ranges, so weist ein Knecht den Stall und auch den für das Pferd herzlich unbequemen Platz. Denn die bequemeren reservieren sie für die später kommenden, namentlich für die Adligen. Hat man etwas auszusetzen, sofort hört man die Worte: Wenn's Euch nicht gefällt, so sucht eine andere Unterkunft. Heu gewähren sie in den Städten nur ungern und sehr sparsam und verkaufen es nicht viel billiger als den Hafer. Ist für das Pferd gesorgt, so gehst du in die Wirtsstube, in den Stiefeln, mit dem Gepäck und allem Kot, gibt es doch nur einen für alle gemeinsamen Raum.

Wilhelm. Bei den Franzosen weisen sie Schlafkammern an, wo man sich ausziehen, reinigen, wärmen oder ausruhen kann, je nach Belieben.

Bertulf. Derartiges gibt es hier nicht. In der Stube mit dem Ofen zieht man die Stiefeln aus, legt die leichten Schuhe an, wechselt, wenn man Lust hat, das Hemd; die vom Regen feuchten Kleider hängt man beim Ofen auf; du selbst näherst dich diesem, wenn du dich trocknen willst. Auch Wasser steht bereit, so man Lust hat, die Hände zu waschen, doch ist es meist so unsauber, daß man nachher anderes Wasser verlangen muß, um jene erste Waschung wieder abzuwaschen.

Wilhelm. Ich lobe mir Männer, die durch keinerlei Raffinement verweichlicht sind.

Bertulf. Trifft man nachmittags vier Uhr ein, so kommt man doch nicht vor neun Uhr zum Nachtessen, bisweilen dauert's auch bis zehn Uhr.

Wilhelm. Warum das?

Bertulf. Sie rüsten nichts, bevor sie sämtliche Gäste da sehen, damit alle auf einmal bedient werden können.

Wilhelm. Sie kennen ihren Vorteil.

Bertulf. Stimmt. So kommt es, daß häufig in derselben Stube achtzig bis neunzig Personen zusammenkommen: Fußgänger, Reiter, Kaufleute, Schiffer, Fuhrleute, Bauern, Kinder, Weiber, Gesunde und Kranke.

Wilhelm. Das ist ja eine wahrhaftige Klostergemeinschaft.

Bertulf. Einer kämmt sich, ein anderer wischt den Schweiß ab, ein dritter säubert seine Marschschuhe oder seine Reiterstiefel, und wieder einer rülpst knoblauchduftend. Kurz: es herrscht da keine kleinere Sprachen- und Menschenverwirrung als einst beim Turmbau zu Babel. Erblicken sie einen aus einem fremden Volke, der in seinem Äußeren sich einigermaßen hervortut, so richten sich auf ihn die Blicke aller, und sie sehen ihn an, als wär' eine neue Tierart aus Afrika eingetroffen. Selbst wenn sie sich zu Tisch gesetzt haben, schauen sie mit rückwärts gewandtem Blick ohne Unterlaß nach ihm und vergessen ob dem Sehen das Essen.

Wilhelm. In Rom, Paris oder Venedig wundert sich kein Mensch über irgend etwas.

Bertulf. Unterdessen gilt es für unstatthaft, etwas für sich zu verlangen. Erst wenn es schon spät am Abend ist und nicht mehr viele Gäste erwartet werden, kommt ein alter Knecht zum Vorschein, mit einem grauen Bart, geschorenem Kopf, einem mürrischen Gesicht und in schmutziger Kleidung.

Wilhelm. Solche Diener sollten bei den römischen Kardinälen Schenkdienste tun.

Bertulf. Dieser läßt dann seine Augen herumgehen und zählt schweigend die in der Hitzstube Anwesenden. Je größer deren Zahl ist, desto kräftiger wird der Ofen geheizt, selbst wenn die Sonne durch ihre Wärme schon beschwerlich fällt. Bei diesen Gastwirten gilt es für einen Hauptbestandteil einer guten Verpflegung, wenn alle von Schweiß triefen. Wenn einer, der an die Hitze nicht gewöhnt ist, nur einen Spaltweit das Fenster öffnet, um nicht zu ersticken, so hört man sofort: Schließt das Fenster! Antwortet er hierauf: Ich halt's nicht aus, so entgegnet man ihm: Dann sucht Euch eine andere Herberge.

Wilhelm. Und doch scheint mir nichts gefährlicher zu sein, als wenn so viele Menschen dieselbe warme Luft einatmen, namentlich wenn die Poren des Körpers geöffnet sind, und in dieser Atmosphäre zu essen und mehrere Stunden zu verharren. Von den Knoblauchrülpsereien und den Winden des Leibes und dem verdorbenen Atem will ich gar nicht erst reden; aber viele gibt es, die an geheimen Krankheiten leiden, und jede Krankheit ist irgendwie ansteckend. Da haben manche die spanische Seuche oder, wie andere sie nennen, die französische, ist sie doch allen Nationen gemeinsam. Von diesen droht meiner Meinung nach nicht geringere Gefahr als von den Aussätzigen. Nun rate du, was allem man sich erst in Zeiten einer allgemeinen Pestilenz aussetzt.

Bertulf. Es gibt kühne Männer, die über all das lachen und es in den Wind schlagen.

Wilhelm. Aber dabei bilden sie mit ihrer Kühnheit eine Gefahr für viele.

Bertulf. Was läßt sich da machen? Sie sind es so gewohnt, und es ist das Zeichen eines konsequenten Geistes, vom einmal Bestehenden nicht abzugehen.

Wilhelm. Vor fünfundzwanzig Jahren gab es aber auch nichts, was bei den Brabantern mehr in Mode war als die öffentlichen warmen Bäder; und heute stehen diese überall leer und kalt, denn die neue Seuche hat gelehrt, sich ihrer zu enthalten.

Bertulf. Aber hör' noch das übrige. Jener bärtige Ganymed kommt später dann wieder und deckt die Tische, so viele ihm für die Zahl der Gäste genügend scheinen. Aber beim Himmel, diese Tischlinnen sind keine milesischen Gespinste, sondern man könnte eher sagen, sie seien aus Segelleinwand. Jedem einzelnen Tische teilt er die Gäste zu, mindestens acht. Wem die Sitte des Landes schon bekannt ist, der setzt sich hin, wo es ihn gut dünkt. Denn einen Unterschied zwischen arm und reich, Herrn und Diener gibt es nicht.

Wilhelm. Das ist noch jene alte Gleichheit, welche die Tyrannis jetzt beiseite geschafft hat. So, denke ich, hat Christus mit seinen Jüngern gegessen.

Bertulf. Haben alle Platz genommen, so kommt noch einmal jener mürrische Göttermundschenk und zählt wiederum seine Gäste. Bald darauf erscheint er dann, um jedem einen hölzernen Teller vorzulegen und einen aus demselben Silber gefertigten Löffel und einen gläsernen Becher, nachher dann auch Brot. Zum Zeitvertreib klaubt jeder den Dreck daraus, während die Speisen gekocht werden. So sitzt man bisweilen eine Stunde lang.

Wilhelm. Ruft denn keiner der Gäste inzwischen nach dem Essen?

Bertulf. Keiner, der mit der Sitte des Landes vertraut ist. Endlich wird der Wein aufgesetzt, und was für einer! Die Sophisten sollten keinen anderen trinken, so dünn und sauer ist er. Verlangt dann ein Gast für sein Geld eine andere Weinsorte, so stellen sie sich taub, aber mit einer Miene, als wollten sie dich umbringen; bestehst du dann auf deinem Verlangen, so antworten sie: Hier sind schon viele Grafen und Markgrafen abgestiegen und noch keiner hat sich über meinen Wein beklagt; behagt er Euch nicht, so sucht Euch eine andere Herberge. Sie halten nämlich nur die Adligen ihres Landes für Menschen, und deren Wappen stellen sie überall zur Schau. Jetzt haben sie denn endlich einen Bissen dem knurrenden Magen zuzuschieben: es folgen bald mit großem Pomp die Platten. Die erste enthält meist mit Fleischbrühe weichgemachtes Brot oder, wenn es ein Fasttag ist, mit Brühe aus Gemüsen. Dann kommt eine andere Brühe, hierauf etwas aufgekochtes Fleisch oder aufgewärmtes Eingesalzenes. Sodann wieder ein Zugemüse, hierauf eine solidere Speise, bis sie dann dem recht gestillten Magen den Braten vorsetzen oder gesottene Fische, die keineswegs zu verachten sind; aber hierbei verfahren sie sparsam und nehmen die Platten gleich wieder weg. So temperieren sie die ganze Mahlzeit; wie die Komödienspieler tun, welche unter die Szenen Chöre mischen, so mischen sie feste und dünne Speise. Sie sorgen aber dafür, daß der letzte Akt der beste sei.

Wilhelm. So machen es die guten Dichter.

Bertulf. Es gilt übrigens als ein Vergehen, wenn einer sagt: Nehmt diese Platte weg; es ißt niemand davon. Man muß nun einmal die vorgeschriebene Zeit sitzen bleiben, die sie, wie ich glaube, mit einer Sanduhr abmessen. Endlich kommt wieder jener Bärtige zum Vorschein oder auch der Herbergsvater selbst, der sich in der Kleidung durchaus nicht von den Dienern unterscheidet, und fragt, wie es uns behage. Es wird dann auch ein etwas edlerer Wein aufgetragen. Sie haben diejenigen gern, die tüchtig trinken, wobei der, der am meisten trinkt, keinen Pfennig mehr bezahlt als der, welcher am wenigsten trinkt.

Wilhelm. Eine merkwürdige Landessitte.

Bertulf. So geschieht es bisweilen, daß solche da sind, die mehr denn doppelt so viel in Wein vertilgen, als sie für das Essen zahlen. Doch bevor ich meinen Bericht beschließe: es ist erstaunlich, was bei dem Essen für ein Lärm und Stimmengetümmel herrscht, wenn erst einmal alle angefangen haben, vom Trinken warm zu werden. Man hört sein eigenes Wort nicht. Häufig mischen sich Hanswurste in die Gesellschaft, an welch widerwärtigen Leuten man sich in kaum glaublicher Weise in Deutschland noch ergötzt. Diese singen und schreien und tanzen und stampfen, daß das Haus einzubrechen scheint und keiner seinen Nachbar mehr vernimmt. Ihnen aber behagt das und, man mag wollen oder nicht, man muß dasitzen bis tief in die Nacht.

Wilhelm. Hört jetzt endlich auf mit dieser Mahlzeit; denn ihre lange Dauer ekelt sogar mich nachgerade an.

Bertulf. Ich will's tun. Wenn endlich der Käse weggenommen wird, der ihnen nicht recht behagt, wenn er nicht schon faul und voll

Würmer ist, kommt der Bärtige mit einer Tafel herein, auf die er mit Kreide Kreise und Halbkreise malt; dann legt er sie auf den Tisch, schweigend und finster, als wär' er Charon. Wer das Geschreibsel versteht, legt sein Geld hin, einer nach dem andern, bis die Tafel voll ist. Darauf werden die notiert, die bezahlt haben, er rechnet nach, und wenn nichts fehlt, so nickt er mit dem Kopfe.

Wilhelm. Wie aber, wenn etwas übrig bleibt?

Bertulf. Vielleicht würde er es zurückgeben; zuweilen mag das vorkommen.

Wilhelm. Reklamiert niemand wegen dieser unbilligen Rechnung?

Bertulf. Ein Verständiger jedenfalls nicht; denn sofort würde er zu hören bekommen: Was für ein Mensch seid Ihr! Ihr bezahlt keinen Pfennig mehr als die andern.

Wilhelm. Ihr erzählt mir da von einer freimütigen Menschensorte.

Bertulf. Wünscht nun einer, von der Reise ermüdet, bald nach dem Essen zu Bett zu gehen, so heißt man ihn warten, bis auch die andern ihr Lager aufsuchen.

Wilhelm. Ich meine den platonischen Staat zu sehen.

Bertulf. Es wird dann einem jeden sein Nest gezeigt, und fürwahr, es ist nichts als eine Schlafstelle; denn es sind nur Betten da, sonst nichts, dessen man bedarf oder was man stehlen könnte.

Wilhelm. Herrscht da Sauberkeit?

Bertulf. Dieselbe wie beim Essen; die Bettlaken sind ungefähr vor einem halben Jahre gewaschen worden.

Wilhelm. Was geschieht inzwischen mit den Pferden?

Bertulf. Sie werden gleich wie die Menschen traktiert.

Wilhelm. Findet man nun aber überall dieselbe Verpflegung?

Bertulf. Da und dort geht es feiner zu, andernorts noch gröber, als ich erzählt habe; im großen ganzen ist es, wie ich berichtete.

Wilhelm. Wie, wenn ich Euch nun erzählte, wie die Gäste in dem Teil Italiens, der die Lombardei genannt wird, behandelt werden, und wieder in Spanien, und dann in England und in Wales? Die Engländer haben teils die französischen, teils die deutschen Bräuche übernommen, da sie aus diesen beiden Völkern gemischt sind. Die in Wales aber rühmen von sich, sie seien die autochthonen Engländer.

Bertulf. Bitte, erzählt mir's; denn ich habe jene Länder noch nie bereist.

Wilhelm. In diesem Augenblick habe ich keine Zeit dazu; denn der Schiffsmann hieß mich um drei Uhr zur Stelle zu sein, wenn ich nicht zurückbleiben wolle, und er hat bereits mein Gepäck. Es wird sich aber ein andermal Gelegenheit finden, zur Genüge davon zu plaudern.

Charon

Charon

Charon · Alastor

Charon. Wohin eilst du so munter, Alastor?

Alastor. Du kommst mir gerade recht, Charon, zu dir wollte ich.

Charon. Was ist Neues los?

Alastor. Ich bring' dir eine Botschaft, die dir wie der Proserpina die größte Freude machen wird.

Charon. So sag' doch, was es ist, und erleichtere dich!

Alastor. Die Furien haben ihr Geschäft ebenso eifrig wie glücklich betrieben: keinen Teil des Erdkreises haben sie unverseucht gelassen von höllischen Übeln, Zwist, Krieg, Räuberei, Pestilenz, also daß sie jetzt ganz kahl sind, weil sie ihre Schlangen überall hin entsandt haben und, da ihre Giftvorräte erschöpft sind, herumgehen, um aufzutreiben, was noch von Vipern und Ottern vorhanden ist; denn sie sind so glatt wie ein Ei und haben kein Haar auf dem Kopf und nichts mehr in der Brust von wirksamem Saft. Drum sorg' du dafür, daß Boot und Ruder bereit liegen, denn binnen kurzem wird eine solche Schar von Schatten eintreffen, daß ich fürchte, du möchtest nicht Platz genug haben, sie alle hinüber zu befördern.

Charon. All das ist uns nicht unbekannt.

Alastor. Woher weißt du es denn?

Charon. Die Fama hat es mir schon vor zwei Tagen gemeldet.

Alastor. Es gibt doch nichts Rascheres als diese Göttin. Aber warum kommst du hierher und lässest deine Barke im Stich?

Charon. Ich konnte nicht anders. Ich bin hierher gewandert, um mir ein starkes dreiruderiges Schiff zu verschaffen; denn mein vom Alter morscher und geflickter Kahn würde für diese Arbeit nicht genügen, wenn es sich wirklich so verhält, wie die Fama erzählt hat. Doch was braucht es die Fama hierzu! Die Umstände selbst zwangen mich, denn ich habe Schiffbruch erlitten.

Alastor. Wahrhaftig, du triefst ja noch; ich dachte, du kämst aus dem Bade.

Charon. Ich bin schwimmend aus dem stygischen Sumpfgewässer ans Land gekommen.

Alastor. Wo ließest du die Schatten zurück?

Charon. Die schwimmen mit den Fröschen.

Alastor. Aber was hat dir denn die Fama erzählt?

Charon. Daß drei Herrscher der Erde in tödlichem Haß sich gegenseitig zu vernichten suchen, und daß kein Teil der christlichen Welt von der Kriegsfurie frei sei; denn jene drei ziehen alle übrigen in die Kriegsgemeinschaft hinein[1]. Alle drei seien daher so gegeneinander gesinnt, daß keiner dem anderen weichen wolle, weder der Däne, noch der Pole, noch der Schotte, und sogar der Türke verharre nicht ruhig. Schreckliches sei im Laufe: die Pestilenz wüte überall, bei Spaniern, Briten, Italienern und Franzosen. Zu alledem sei noch eine neue Seuche entstanden infolge der Verschiedenheit der Meinungen, welche die Gemüter so verderbt hat, daß es nirgends mehr eine wahre Freundschaft gibt, sondern der Bruder dem Bruder mißtraut und Weib und Mann sich nicht mehr verstehen. Man könne hoffen, daß auch von dieser Seite her ein prächtiges Unglück der Menschen erwachsen werde, wenn erst einmal statt der Zungen und Federn die Fäuste in Bewegung gesetzt werden.

Alastor. Das alles hat die Fama ganz wahrheitsgetreu erzählt. Habe ich doch selbst mit eigenen Augen genug gesehen als treuer Begleiter und Helfer der Furien, die noch nie sich ihres Namens würdiger gezeigt haben.

Charon. Es ist nur zu fürchten, es möchte irgend ein Dämon erstehen, der plötzlich zum Frieden mahnt; die Gemüter der Menschen sind so wandelbar. Wie ich höre, gibt es da droben in der Welt einen gewissen Vielschreiber[2], der nicht aufhört mit seiner Feder den Krieg anzufeinden und zum Frieden zu mahnen.

Alastor. Der predigt schon lange tauben Ohren. Ehemals schrieb er die Klage des vernichteten Friedens; jetzt schrieb er dem zerstörten Frieden die Grabschrift. Andere dagegen gibt es, die nicht weniger unsere Sache fördern als die Furien in eigener Person.

Charon. Wer sind diese?

---

1   Gemeint sind Karl V., Franz I. und Heinrich VIII.

2   Als polygraphum quendam porträtiert sich hier artig Erasmus, der nicht müde geworden ist in der Friedenspropaganda.

Alastor. Es gibt gewisse Geschöpfe mit schwarzen und weißen Mänteln, aschfarbenen Kutten, mit verschiedenartigem Gefieder geschmückt; diese weichen nie von der Fürsten Höfen, sie träufeln ihnen ins Ohr die Liebe zum Krieg und ermahnen hierzu die Großen wie das Volk: in ihren evangelischen Ansprachen rufen sie aus, der Krieg sei gerecht, heilig und gottgefällig. Und damit man sich noch mehr über den tapferen Geist der Menschen wundere: sie rufen dasselbe bei beiden Parteien aus. Bei den Franzosen predigen sie, Gott stehe auf der Seite der Franzosen, und wer Gott zum Protektor habe, der könne nicht besiegt werden. Bei den Spaniern und Engländern lautet es: dieser Krieg werde nicht vom Kaiser, sondern von Gott geführt; sie sollten sich nur als tapfere Männer erweisen, der Sieg sei ihnen gewiß. Komme aber einer um, so sterbe er nicht, sondern fliege stracks in den Himmel, bewaffnet wie er sei.

Charon. Und all dem wird Glauben geschenkt?

Alastor. Ach, was vermag nicht eine heuchlerische Religion! Dazu kommt dann noch die Jugend, die Unerfahrenheit, die Ruhmsucht, der Zorn und ein Gemüt, das eine natürliche Neigung besitzt zu dem, was ihm da vorgehalten wird. So wird die Täuschung leicht, und es ist nicht schwierig, einen Wagen, der schön von sich aus Neigung zum Abstürzen hat, anzutreiben.

Charon. Ich möchte diesen Geschöpfen gerne etwas Gutes erweisen.

Alastor. Rüst' ihnen ein gutes Mahl, das ist ihnen das liebste.

Charon. Eins aus Malven, Lupinen und Lauch. Etwas anderes wächst bei uns nicht.

Alastor. Wo denkst du hin: ein Mahl aus Rebhühnern, Kapaunen und Fasanen, wenn du ihnen ein angenehmer Gastgeber sein willst.

Charon. Aber was treibt sie denn dazu an, so mit aller Macht den Krieg zu schüren? Oder was für Nutzen haben sie davon?

Alastor. Weil sie von den Sterbenden mehr Profit herausschlagen als von den Lebenden. Da gibt es Testamente, Leichenmähler, Bullen und noch manch andere nicht zu verachtende Gewinnste. Zudem bewegen sie sich lieber im Kriegslager als in ihren engen Zellen. Der Krieg hat schon viele zu Bischöfen gemacht, die in Friedenszeiten nicht einen Pfifferling galten.

Charon. Die sind klug.

Alastor. Aber sag', wozu ist deine Trireme vonnöten?

Charon. Zu gar nichts, wenn ich Lust hätte, ein zweites Mal mitten im Sumpf Schiffbruch zu erleiden.

Alastor. Geschah das damals infolge der Menge der Insassen?

Charon. Freilich ja.

Alastor. Aber du fährst ja Schatten, keine Körper. Und wieviel wiegen denn Schatten!

Charon. Und seien es Wasserspinnen, so kann ihrer schließlich doch eine solche Menge sein, daß sie einen Kahn beschweren. Dann weißt du ja, daß auch der Kahn nur ein Schatten ist.

Alastor. Ich erinnere mich aber, gesehen zu haben, als einmal die Menge ganz gewaltig war und die Barke nicht alle faßte, wie an dein Steuerruder zuweilen dreitausend Schatten sich hängten, ohne daß du deren Gewicht spürtest.

Charon. Das stimmt bei Seelen, die nach und nach aus einem durch Schwindsucht oder Abzehrung geschwächten Körper gewandert sind. Diejenigen aber, welche plötzlich aus einem fetten Körper losgerissen werden, die tragen noch viel Körpermasse mit sich. Solche Leute aber senden mir zu der Schlaganfall, die Bräune, die Pest, vor allem aber der Krieg.

Alastor. Ich denk' nicht, daß die Franzosen oder die Spanier viel Gewicht mit sich bringen.

Charon. Allerdings nicht, obschon auch ihre Seelen durchaus nicht federleicht anlangen. Aber unter den wohlgenährten Engländern und Deutschen kommen dann und wann solche, daß ich neulich in Gefahr kam, als ich ihrer nur zehn hinüberfuhr, und wenn ich nicht einige über Bord geworfen hätte, wär' ich mit Schiff, Insassen und Fährgeld untergegangen.

Alastor. Eine furchtbare Gefahr!

Charon. Und dann, was meinst du, was geschieht, wenn dicke Satrapen, Prahlhänse und Säbelraßler ankommen?

Alastor. Von solchen, die in einem gerechten Kriege umkommen, treffen wohl keine bei dir ein? Heißt es doch von ihnen, daß sie direkt in den Himmel fliegen.

Charon. Wohin sie fliegen, weiß ich nicht; das aber weiß ich: so oft Krieg ist, kommen so viele verwundet und zerfleischt zu mir, daß ich mich nur wundere, wie überhaupt noch jemand auf der Oberwelt am Leben ist. Und sie kommen nicht nur beschwert von Weindunst und von Fresserei, sondern auch von Bullen und von Benefizien und einer Fülle anderer Dinge.

Alastor. Aber all das bringen sie doch nicht mit sich, sie kommen ja nackt zu dir.

Charon. Allerdings, aber die, welche frisch kommen, führen noch die Träume von diesen Dingen mit sich.

Alastor. So beschweren denn auch die Träume?

Charon. Sie beschweren meine Barke, oder was sag' ich: beschweren? sie haben sie schon zum Sinken gebracht. Und dann meinst du, daß all die Obole für die Überfahrt kein Gewicht darstellten?

Alastor. Freilich, wenn die Schatten Kupfergeld mit sich führen.

Charon. Deshalb muß ich eben für ein Schiff sorgen, das für diese Last genügt.

Alastor. O du Glücklicher!

Charon. Wieso Glücklicher?

Alastor. Weil du nachgerade ein reicher Mann sein wirst.

Charon. Wegen der Menge der Schatten?

Alastor. Allerdings.

Charon. Ja, wenn sie ihre Reichtümer mitbrächten. So aber bringen die, welche in der Barke darüber klagen, daß sie auf der Oberwelt Königreiche, Prälaturen, Abteien, ungezähltes Gold zurückgelassen haben, zu mir nichts mit als ihren Obolus. Darum geht jetzt alles, was ich mir in den bereits dreitausend Jahren zusammengerackert habe, ganz für die eine Trireme drauf.

Alastor. Wer Gewinn machen will, muß auch etwas aufwenden.

Charon. Aber, wie ich höre, machen die Sterblichen bessere Geschäfte, die mit Hilfe des Handelsgottes binnen dreier Jahre reich werden.

Alastor. Diese Leute machen aber auch hie und da Bankrott. Dein Gewinn ist wohl geringer, dafür aber um so sicherer.

Charon. Der Sicherheit traue ich nicht; es braucht jetzt nur ein Gott aufzustehen, der die Angelegenheit der Fürsten friedlich beilegt, so kann mir alle Chance fehl gehen.

Alastor. Was das betrifft, so kannst du auf meine Garantie hin auf beiden Ohren schlafen. Innerhalb zehn vollen Jahren brauchst du keinen Frieden zu befürchten. Einzig der Papst in Rom mahnt eifrig zur Eintracht, aber es ist vergebene Liebesmüh'. Auch die Städte murren aus Überdruß an all dem Unheil; auch Völker, ich weiß nicht welche, beschweren sich im Stillen, indem sie sagen, es sei unrecht, daß um der privaten Eifersüchteleien und um des Ehrgeizes Zweier oder Dreier willen alles drunter und drüber gehe; aber glaub' mir, die Furien werden Siegerinnen bleiben über all die verständigen Ratschläge. Übrigens, warum brauchst du dich an die Oberwelt zu wenden? Haben wir nicht auch bei uns Schmiede? Wir haben ja den Vulkan.

Charon. Ganz recht, wenn ich ein Schiff aus Kupfer suchte.

Alastor. Aber es ließe sich doch sonst leicht ein Handwerker beschaffen.

Charon. Das schon, aber es fehlt hier an Material.

Alastor. Was hör' ich? Gibt es keine Wälder mehr hier?

Charon. Nein. Sogar die Gehölze, die in den elysäischen Feldern einst waren, sind vernutzt worden.

Alastor. Wofür?

Charon. Zum Verbrennen der Schatten der Ketzer; deshalb waren wir jüngst genötigt, aus dem Inneren der Erde Kohlen auszugraben.

Alastor. Wie kommt denn das? Können denn die Schatten nicht mit geringerem Aufwand bestraft werden?

Charon. Das war nun einmal die Ansicht des Unterweltrichters Rhadamanthus.

Alastor. Wenn du ein Schiff mit drei Ruderreihen kaufen willst, woher nimmst du die Ruderer?

Charon. Meine Aufgabe ist, am Steuer zu sitzen, die Schatten mögen rudern, wenn sie hinüberfahren wollen.

Alastor. Aber es sind doch solche da, die niemals rudern gelernt haben.

Charon. Bei mir gibt's keine Ausnahme. Auch Monarchen rudern und Kardinäle, jeder nach der Reihenfolge, so gut wie arme Plebejer, mögen sie es nun gelernt haben oder nicht.

Alastor. So kauf denn mit Merkurs Beistand glücklich deine Trireme. Ich will dich nicht länger aufhalten. Ich will die frohe Nachricht in den Orkus bringen. Aber halt noch einmal, Charon.

Charon. Was gibt's noch?

Alastor. Kehr' zeitig zurück, damit dich die Schar nicht erdrücke.

Charon. Ja, du wirst jetzt schon mehr als zweihunderttausend am Ufer treffen, ungerechnet diejenigen, welche im stygischen Gewässer schwimmen. Ich will mich aber nach Möglichkeit sputen. Sag' ihnen, ich werde bald zur Stelle sein.

Ein Evangeliumsträger

Cyclops sive Evangeliophorus

Polyphemus · Cannius

Cannius. Wie kommt Polyphem hierher auf die Jagd?

Polyphemus. Was sollte ich jagen, da ich doch keine Hunde und keinen Jagdspieß bei mir habe?

Cannius. Vielleicht könnte es einer Baumnymphe gelten.

Polyphemus. Das hast du hübsch erraten. Schau her, mein Jagdnetz.

Cannius. Was seh' ich! Bacchus im Fell des Löwen: Polyphem mit einem Buch! Ein Safrangewand für eine Katze!

Polyphemus. Ich habe aber das Büchlein nicht nur mit Safran gemalt, sondern auch mit Zinnober und Lasurblau.

Cannius. Dein Buch scheint von Krieg zu handeln, ist es doch mit Buckeln, Metallplatten und kupfernen Reifen ausgerüstet.

Polyphemus. Sieh' nur hinein.

Cannius. Ich sehe. Es ist wahrhaftig ein schönes Buch; aber du hast es doch noch nicht genugsam geschmückt.

Polyphemus. Was fehlt denn noch?

Cannius. Du hättest dein Wappen anbringen sollen.

Polyphemus. Was für eines?

Cannius. Den Kopf eines Silen, der aus einem Faß hervorguckt. Aber wovon handelt das Buch? Von der Kunst des Trinkens?

Polyphemus. Sieh' zu, daß du nicht ohne es zu merken eine Blasphemie aussprichst.

Cannius. Wie denn? es ist doch nichts Heiliges?

Polyphemus. Es ist das Allerheiligste, das Evangelium.

Cannius. Potz Herkules! Was hat Polyphem mit dem Evangelium zu schaffen?

Polyphemus. Warum fragst du nicht gerade: was hat ein Christ mit Christus zu tun?

Cannius. Ich weiß nur, daß sich für dich eine Hellebarde besser schicken würde. Denn wenn mir auf dem Meere ein Unbekannter von deinem Aussehen begegnete, so würde ich auf einen Seeräuber schließen; im Walde aber auf einen Meuchelmörder.

Polyphemus. Und doch lehrt uns gerade das Evangelium, daß wir niemanden nur nach seinem Äußern beurteilen sollen. Denn wie sich oft unter einem aschfarbigen Gewand ein tyrannischer Sinn birgt, so können bisweilen ein geschorener Kopf, ein gedrehter Schnurrbart, finstere Augenbrauen, wilde Augen, ein Federbusch auf dem Kopf, ein Kriegsschwert und geschlitzte Soldatenstiefel ein evangelisches Herz bergen.

Cannius. Warum auch nicht? Bisweilen ist auch unter einem Wolfspelz ein Schaf verborgen, und wenn man den Fabeln glauben darf, birgt sich unter einer Löwenhaut etwa auch ein Esel.

Polyphemus. Ja, ich kenne einen, der trägt ein Schaf auf dem Kopf und einen Fuchs in der Brust; dem möchte ich gerne wünschen, daß er ebenso lautere Freunde habe, wie er schwarze Augen hat, und daß der Inhalt seiner Kasse ebenso echt golden werde, wie die Farbe seines Gesichts an Gold erinnert, und daß seine Freundlichkeit ebenso wenig ein Ende nehme wie seine Nase.

Cannius. Wenn der ein Schaf auf dem Kopfe trägt, der eine Mütze aus Schafsfell trägt, wie schwerbeladen gehst denn du einher, der du ein Schaf und einen Vogel Strauß auf dem Kopfe herumführst? Und dann: macht's der nicht noch viel dümmer, der einen Vogel auf dem Kopf und einen Esel in der Brust trägt?

Polyphemus. Du bist bissig.

Cannius. Schön aber wär's, wenn das Evangelium, das du so mannigfaltig geschmückt hast, dich seinerseits auch schmückte. Du hast es mit Farben geziert, möcht' es dich mit guten Sitten zieren!

Polyphemus. Dafür wird gesorgt werden.

Cannius. Ja, nach deiner Gepflogenheit.

Polyphemus. Doch lassen wir diese Schmähworte, und sag mir, ob du diejenigen verdammst, die das Evangelium mit sich herumtragen?

Cannius. Nicht von ferne[3]. Und man sollte dich, wie der Christusträger Christophorus genannt wurde, künftighin statt Polyphem Evangeliophorus nennen.

Polyphemus. Also nochmals: hältst du das Tragen des Evangeliums für nichts Heiliges?

Cannius. Nein, du müßtest denn zugeben, daß die Esel die Heiligsten unter den Heiligen sind.

---

3   Ein paar dünne Spässe für Schulknaben blieben hier weg.

Polyphemus. Wieso?

Cannius. Weil einer genügt, um dreitausend solcher Codices zu tragen; ich möchte glauben, auch du könntest einer solchen Last gewachsen sein, wenn du einen rechten Packsattel aufschnalltest.

Polyphemus. Es ist nichts Widersinniges daran, dem Esel in dieser Weise Heiligkeit zuzusprechen, da er doch Christum getragen hat.

Cannius. Um diese Heiligkeit beneide ich dich nicht. Und wenn du willst, will ich dir Reliquien von jenem Esel geben, auf dem Christus saß, damit du sie küssend verehren kannst.

Polyphemus. Damit wirst du mir ein sehr erwünschtes Geschenk machen. Denn jener Esel ist durch die Berührung des Körpers Christi geheiligt worden.

Cannius. Die haben Christum auch angerührt, die ihm die Backenstreiche versetzten.

Polyphemus. Aber nochmals, sag' ernsthaft: ist es nicht fromm, das Evangelienbuch mit sich zu führen?

Cannius. Gewiß ist's fromm, wenn alle Heuchelei fernbleibt, wenn das mit Wahrhaftigkeit geschieht.

Polyphemus. Mag die Heuchelei zu den Mönchen fahren! Was hat ein Soldat mit Heuchelei zu tun?

Cannius. Sag' mir zuerst: was ist Heuchelei?

Polyphemus. Wenn du dich anders gibst, als du im Herzen bist.

Cannius. Was besagt nun aber das herumgetragene Evangelium? Doch wohl ein evangelisches Leben?

Polyphemus. Ich denk' ja.

Cannius. Wenn also das Leben dem Buch nicht entspricht, ist das dann keine Heuchelei?

Polyphemus. Das scheint so; aber was heißt das: wahrhaftig das Evangelienbuch herumtragen?

Cannius. Einige tragen es in den Händen herum, wie die Franziskaner die Regel des Franz; das können auch Pariser Lastträger und Esel und Kutscher. Andere gibt's, die tragen's im Munde und reden nur von Christus und Evangelium: das ist Pharisäerart. Andere aber tragen es im Herzen. Im wahren Sinne aber trägt das Evangelium, der es in Händen, Mund und Herzen trägt.

Polyphemus. Wo gibt es solche?

Cannius. Die Priester in den Kirchen, die das Buch tragen, es dem Volke verkünden und es im Herzen bewahren.

Polyphemus. Es sind aber nicht alle Heilige, die das Evangelium im Herzen tragen.

Cannius. Komm' mir nicht mit Sophistereien! Nur der trägt's im Herzen, der es aus ganzer Seele liebt. Niemand aber liebt das Evangelium, der es nicht auch in seinem Wandel ausdrückt.

Polyphemus. Diesen Subtilitäten komm' ich nicht nach.

Cannius. So will ich es denn handgreiflicher sagen. Wenn du eine Flasche Beaune auf den Schultern trägst, was ist das anderes als eine Last?

Polyphemus. Nichts anderes.

Cannius. Wenn du sie aber an den Mund ansetzest und sofort den Wein wieder ausspuckst?

Polyphemus. Dann wär's kein Profit; ich mache es freilich nicht so.

Cannius. Wenn du nun aber, wie du pflegst, zur Genüge daraus trinkst?

Polyphemus. Göttlicheres gibt's nicht.

Cannius. Der ganze Körper wird erwärmt, das Gesicht rötet sich, die Stirn wird heiter.

Polyphemus. So ist's.

Cannius. Und so ist's mit dem Evangelium. Wird es in die Adern des Herzens hineingegossen, dann erneuert es den ganzen Menschen.

Polyphemus. Ich scheine dir also zu wenig evangelisch zu leben?

Cannius. Diese Frage kann dir niemand besser lösen als du.

Polyphemus. Wenn sich's mit einer Doppelaxt machen läßt.

Cannius. Wenn dich einer ins Gesicht Lügner oder Schlemmer nennt, was wirst du tun?

Polyphemus. Was ich tun werde? Er würde meine Fäuste zu spüren bekommen.

Cannius. Und wenn dir einer eine Ohrfeige appliziert?

Polyphemus. Dem würd' ich den Hals als Gegenleistung abschneiden.

Cannius. Und doch lehrt dein Buch, daß du auf Schmähungen sänftiglich erwidern und dem, der deinen rechten Backen schlägt, auch den linken hinhalten sollst.

Polyphemus. Ich hab's gelesen; aber es war mir entfallen.

Cannius. Du betest, wie ich annehme, öfters.

Polyphemus. Das ist pharisäerhaft.

Cannius. Pharisäerhaft ist: weitschweifig zu beten, aber scheinheilig. Dein Buch jedoch lehrt, man soll immer beten, aber von Herzensgrund.

Polyphemus. Ich bete auch zuweilen.

Cannius. Wann?

Polyphemus. Wann's mir in den Sinn kommt, ein- bis zweimal in der Woche.

Cannius. Was betest du dann?

Polyphemus. Das Unservater.

Cannius. Wie oft?

Polyphemus. Einmal. Denn das Evangelium verbietet viele gleiche Worte zu machen.

Cannius. Kannst du mit Herzensandacht das Unservater beten?

Polyphemus. Ich hab's nie versucht. Genügt es denn nicht, wenn ich's mit dem Munde hersage?

Cannius. Ich weiß bloß, daß Gott nur die Stimme des Herzens hört. Fastest du häufig?

Polyphemus. Niemals.

Cannius. Dein Buch heißt aber Gebet und Fasten gut.

Polyphemus. Auch ich würde es gutheißen, wenn nur der Bauch es nicht anders verlangte.

Cannius. Paulus sagt aber, daß diejenigen Christo nicht dienen, die dem Bauche dienen. Issest du jeden Tag Fleisch?

Polyphemus. Wenn's welches gibt.

Cannius. Bei deiner gladiatorenhaften Kräftigkeit könntest du dich mit Heu und Baumrinden ernähren.

Polyphemus. Aber Christus hat gesagt, der Mensch werde durch das, was zum Munde eingehe, nicht verunreinigt.

Cannius. Allerdings, wenn es mit Maß geschieht und ohne Ärgernis. Aber Paulus, der Jünger Christi, will lieber Hungers sterben, als einen schwachen Bruder durch seine Speise ärgern; und er ermahnt uns alle, diesem Beispiel zu folgen, damit wir in allem allen gefallen mögen.

Polyphemus. Paulus ist Paulus und ich bin ich[4].

Cannius. Hilfst du gerne den Armen?

Polyphemus. Ich habe nichts zum Geben.

Cannius. Du könntest wohl was haben, wenn du mäßig lebtest und wacker arbeitetest.

Polyphemus. Das Nichtstun ist süß.

---

4   Auch hier wurden ein paar billige Wortspiele unterschlagen.

Cannius. Hältst du die Gebote Gottes?

Polyphemus. Das hält schwer.

Cannius. Tust du Buße für das, was du begangen hast?

Polyphemus. Christus hat für uns bezahlt.

Cannius. Wie willst du nun beweisen, daß du das Evangelium liebst?

Polyphemus. Das will ich dir sagen. Ein Franziskaner bei uns hörte nicht auf, gegen das Neue Testament des Erasmus zu plappern; da habe ich den Mann persönlich vorgenommen, bin ihm mit der Linken in die Haare gefahren, habe mit der Rechten gefochten, ihn prachtvoll verhauen und ihm das ganze Gesicht zu einer Geschwulst gemacht. Was meinst du nun? Heißt das nicht das Evangelium fördern? Ich hab' ihn dann von seinen Sünden absolviert, indem ich ihm dieses Buch dreimal um den Schädel schlug und ihm drei Beulen beibrachte in Namen des Vaters, des Sohnes und des heiligen Geistes.

Cannius. Das ist allerdings evangelisch! Das nennt man das Evangelium mit dem Evangelium verteidigen.

Polyphemus. Noch ein anderer von derselben Sippe lief mir in den Weg, der im Wüten gegen Erasmus kein Maß noch Ziel kannte. Vom Eifer für das Evangelium ergriffen, brachte ich durch Drohungen den Mann dahin, daß er auf den Knien um Verzeihung bat und gestand, er habe das, was er gesagt, unter dem Antrieb des Teufels gesagt. Hätte er das nicht getan, so war die Hellebarde bereits gegen seinen Schädel gezückt. Mein Gesicht war wie das des zornigen Mars. Das trug sich vor einigen Zeugen zu.

Cannius. Ich wundere mich, daß der Mann nicht sofort leblos zu Boden fiel. Doch gehen wir weiter: Lebst du keusch?

Polyphemus. Das wird vielleicht einmal, wenn ich alt bin, der Fall sein. Aber soll ich dir, Cannius, die Wahrheit bekennen?

Cannius. Ich bin kein Priester; wenn du Lust zum Beichten hast, so such' dir einen anderen.

Polyphemus. Ich pflege Gott zu beichten; dir aber will ich gestehen, daß ich noch kein vollendeter evangelischer Mensch bin, sondern einer aus der großen Menge. Wir haben vier Evangelien, und wir Evangelischen jagen vier Dingen am meisten nach: daß es dem Bauch wohl geht; daß, was unter dem Bauch ist, nicht zu darben braucht; dann, daß wir unseren Lebensunterhalt haben, und schließlich, daß uns erlaubt sei, zu tun, was uns beliebt. Ist das alles vorhanden, dann rufen wir beim Pokulieren: Triumph, heisa juchhei, das Evangelium lebt, Christus regiert.

Cannius. Das ist aber eine epikureische, keine christliche Lebensweise.

Polyphemus. Ich stell' es nicht in Abrede. Aber du weißt ja: Christus ist allmächtig; er kann uns mit einem Ruck in andere Menschen verwandeln.

Cannius. Er kann aber auch in Schweine verwandeln, was ich noch für näherliegend halte als die Verwandlung in gute Menschen.

Polyphemus. Gäbe es doch nur in der Welt nichts Schlimmeres als Schweine, Ochsen, Esel und Kamele! Du kannst viele sehen, die sind fürchterlicher als Löwen, raubgieriger als Wölfe, geiler als Spatzen, bissiger als Hunde, schädlicher als Vipern.

Cannius. Aber jetzt wär's an der Zeit, aus einem tierähnlichen Lebewesen dich in einen Menschen zu wandeln.

Polyphemus. Deine Mahnung ist berechtigt. Denn die Propheten unserer Tage sagen, der jüngste Tag stehe vor der Tür.

Cannius. Um so mehr gilt's Eile.

Polyphemus. Ich warte auf die helfende Hand Christi.

Cannius. Siehe zu, daß du dieser Hand einen bildsamen Stoff darbietest. Aber woraus schließen denn jene Propheten, daß das Ende der Welt nahe sei?

Polyphemus. Weil, wie sie sagen, die Menschen jetzt dasselbe tun, was sie einst bei Anbruch der Sintflut taten: sie schmausen, sie trinken, sie prassen, sie freien und lassen sich freien, sie huren, sie kaufen und verkaufen, sie handeln und treiben Wucher, sie bauen; die Könige führen Krieg, die Priester denken an die Vermehrung der Einkünfte, die Theologen hecken Syllogismen aus, die Mönche laufen durch die Welt, das Volk ist aufrührerisch, Erasmus schreibt Dialoge, kurz alle Übel sind da: Hunger und Durst, Räuberei und Krieg, Pest und Aufruhr, und an allem Guten herrscht Mangel. Beweist das nicht, daß das Ende aller menschlichen Dinge bevorsteht?

Cannius. Von diesem ganzen Haufen von Übeln, welches ist dir das ärgerlichste?

Polyphemus. Rat' einmal!

Cannius. Daß Spinnen in deinem Geldbeutel hausen.

Polyphemus. Ich will des Todes sein, wenn du nicht den Nagel auf den Kopf getroffen hast. Übrigens komme ich jetzt eben von einer

Kneiperei; in nüchternem Zustand werde ich ganz anders mit dir über das Evangelium disputieren, wenn dir's recht ist.

Cannius. Wann werde ich dich nüchtern sehen?

Polyphemus. Wenn ich's bin.

Cannius. Und wann bist du's?

Polyphemus. Wenn du mich wieder siehst. Inzwischen, lieber Cannius, laß dir's gut gehen!

Cannius. Und dir wünsch' ich, daß du bald das sein mögest, was dein Name Polyphem besagt, ein weithin Gerühmter.

Polyphemus. Um nicht hinter dir zurückzubleiben, bete ich, daß es dem Cannius nie an dem fehlen möge, von dem er seinen Namen hat[5].

5   Man versteht das Wortspiel: Cannius und Kanne.

Das Wallfahren

Peregrinatio religionis ergo

Menedemus · Ogygius

Menedemus. Was Tausend! Sehe ich da nicht meinen Nachbar Ogygius, der schon seit sechs Monaten niemand mehr zu Gesicht gekommen ist? Es hieß, er sei gestorben. Aber er ist's wahrhaftig, wenn ich nicht völlig träume. Ich will doch zu ihm hingehen und ihn grüßen. Sei gegrüßt, Ogygius!

Ogygius. Gleichfalls, Menedemus.

Menedemus. Welches Land hat dich uns heil wiedergeschenkt? Es ging nämlich hier das böse Gerücht, du hättest die Fahrt über die stygischen Gewässer angetreten.

Ogygius. Ich bin, dem Himmel sei Dank, inzwischen so gesund gewesen wie kaum je zuvor.

Menedemus. Möchtest du stets eitles Gerede in dieser Weise Lügen strafen! Aber was hast du denn für Schmuck an? Du bist ja besät mit Muscheln und überall bedeckt mit zinnernen und bleiernen Bildlein und aufgeputzt mit strohgeflochtenen Ketten, und am Arm hast du Schlangeneier[6].

Ogygius. Ich habe den heiligen Jakobus in Campostella besucht und dann, von dort heimgekehrt, die bei den Engländern hochberühmte Jungfrau Maria beim Meere[7]. Diese habe ich vielmehr neuerdings besucht, denn ich war schon vor drei Jahren dort.

Menedemus. Aus Herzensneigung, nehme ich an.

Ogygius. Ja, aus Andacht.

Menedemus. Ich denk', diese Frömmigkeit haben dich die griechischen Autoren gelehrt.

Ogygius. Die Mutter meiner Frau hatte das Gelübde getan: wenn ihre Tochter einen Knaben gebären werde, so solle ich den heiligen Jakob in eigener Person begrüßen und ihm dafür danken.

---

6   Den Vergleich der Rosenkranzkugeln mit Schlangeneiern wird man verstehen.

7   Diese Virgo Parathalassia ist die Muttergottes von Walsingham.

Menedemus. Hast du den Heiligen nur in deinem und deiner Schwiegermutter Namen begrüßt?

Ogygius. Im Namen der ganzen Familie.

Menedemus. Ich bin der Ansicht, es wäre deiner Familie um nichts weniger gut ergangen, wenn du den Jakobus ungegrüßt gelassen hättest. Aber, bitte sag' mir, was er auf deinen Dank geantwortet hat.

Ogygius. Nichts; aber wie ich ihm meine Gabe darreichte, schien er zu lächeln und leicht mit dem Kopfe zu nicken; zugleich hielt er mir diese Muschelschale hin.

Menedemus. Warum schenkt er dergleichen lieber als etwas anderes?

Ogygius. Weil er daran Überfluß hat bei der Nähe des Meeres.

Menedemus. O was für ein gütiger Heiliger, der einerseits den Gebärenden Hebammendienste leistet, andrerseits um die Fremden sich bemüht! Aber ist denn das eine neue Art Gelübde, daß ein Müßiger anderen die Arbeit aufladet? Wenn du dich durch ein Gelübde verpflichtetest, ich werde für den Fall, daß dein Vorhaben gut ausfalle, zweimal in der Woche fasten, glaubst du, daß ich das tun würde, was du gelobt hast?

Ogygius. Ich glaube es nicht, selbst wenn du in deinem eigenen Namen es gelobt hättest. Denn dir macht es Spaß, den Heiligen etwas um den Mund zu schmieren. Aber hier handelt es sich um meine Schwiegermutter; da hieß es gehorchen. Du kennst die Begehren der Frauen, und auch mir war daran gelegen.

Menedemus. Wenn du das Gelübde nicht gehalten hättest, was für eine Gefahr wäre dabei gewesen?

Ogygius. Der Heilige konnte mich allerdings nicht vor Gericht fordern, das ist richtig; aber er konnte künftighin gegenüber meinen Wünschen taub sein oder in aller Stille irgend ein Unheil über meine Familie schicken. Du kennst die Art der großen Herren.

Menedemus. Sag' mir: wie steht's und geht's mit dem vortrefflichsten Manne Jakobus?

Ogygius. Weit schlechter als früher.

Menedemus. Woher kommt das? Von Altersschwäche?

Ogygius. Du Schwätzer! Du weißt doch, daß die Heiligen nicht alt werden. Aber dieser neue Glaube, der sich weithin über den Erdkreis verbreitet, bewirkt, daß er weniger häufig als sonst begrüßt wird; und wenn Leute kommen, so grüßen sie nur, geben aber nichts oder nicht der Rede wert, mit der Bemerkung, dieses Geld werde besser den Armen zugewendet.

Menedemus. Ein gottloser Glaube!

Ogygius. So kommt es, daß ein so großer Apostel, der ganz von Edelsteinen und Gold zu funkeln pflegte, jetzt hölzern dasteht; kaum eine Unschlittkerze hat er.

Menedemus. Wenn das, was ich da höre, wahr ist, so droht Gefahr, daß es den anderen Heiligen ebenso ergehe.

Ogygius. Es wird ja ein Brief herumgetragen, den über diese Dinge die Jungfrau Maria selbst geschrieben hat.

Menedemus. Welche Maria?

Ogygius. Die, welche den Zunamen vom Steine hat.

Menedemus. Im Land der Rauraker, wenn ich mich nicht täusche?[8]

Ogygius. Ja diese.

Menedemus. Von einer steinernen Heiligen redest du mir also da. Aber an wen hat sie geschrieben?

Ogygius. Den Namen gibt der Brief an.

Menedemus. Und durch wen ist er geschickt worden?

Ogygius. Zweifelsohne durch einen Engel, der das Schreiben auf die Kanzel legte, von wo aus der zu predigen pflegt, an den der Brief gerichtet ist. Und damit du nicht einen Betrug mutmaßest, sollst du das Autogramm sehen.

Menedemus. So kennst du die Handschrift des Engels, der der Jungfrau für ihre Briefe zu Diensten steht?

Ogygius. Warum nicht?

Menedemus. Über was für ein Beweismittel verfügst du denn?

Ogygius. Ich habe die Grabschrift des Beda gelesen, die von einem Engel eingegraben ist: die Formen der Buchstaben stimmen durchgehend überein. Ich las auch die dem heiligen Ägidius gesandte Handschrift: es stimmt ebenfalls. Sind das nicht Beweise genug?

Menedemus. Kann man das Schreiben sehen?

Ogygius. Man kann, wenn du heilig beschwörst, du werdest Schweigen bewahren.

Menedemus. Oh du könntest es ebensogut einem Stein erzählen.

8   Der Wallfahrtsort Mariastein bei Basel.

Ogygius. Die Steine stehen auch in dem schlechten Ruf, daß sie nichts verheimlichen[9].

Menedemus. So sprich denn zu einem Stummen, wenn du einem Stein zu wenig traust. Ogygius. Unter dieser Bedingung will ich den Brief lesen. Spitz' deine beiden Ohren! Menedemus. Ich hab' sie gespitzt.

Ogygius. »Maria, die Mutter Jesu, grüßt den Glaucoplutus. Wisse, daß du, indem du als Jünger Luthers nachdrücklich ans Herz legst, die Anrufung der Heiligen sei überflüssig – daß du mir damit einen guten und großen Dienst erwiesen hast. Denn vorher wurde ich durch die gottlosen Anrufungen der Menschen beinahe getötet. Von mir, der einzigen, wurde alles verlangt, als wäre mein Sohn noch immer ein kleines Kind, das auf jeden Wink der Mutter achten und nicht wagen würde, dem Bittenden etwas zu versagen, aus Furcht, ich könnte, wenn es eine Bitte verweigerte, meinerseits ihm, dem Dürstenden, meine Brust verweigern. Und zuweilen erbitten sie von der Jungfrau Dinge, die ein anständiger Jüngling kaum von einer Kupplerin zu erbitten wagte und die ich mich schämen würde niederzuschreiben. Dann wieder vertraut mir ein Kaufherr, der Gewinnes wegen nach Spanien sich einschiffen will, die Keuschheit seiner Maitresse an. Und eine Gott geweihte Jungfrau, die den Schleier abgeworfen hat und sich zur Flucht anschickt, gibt bei mir den Ruf ihrer Jungfräulichkeit in Verwahrung, den sie selbst preiszugeben sich anschickt. Ein gottloser Soldat, der zur Blutarbeit gedungen ist, ruft mich an: Heilige Jungfrau, gewähr' mir fette Beute! Ein Spieler bittet: Sei mir günstig! ein Teil des Gewinns soll dir zufallen. Fällt dann der Würfel nicht recht günstig, so schmähen und verwünschen sie mich, weil ich ihrer Schlechtigkeit nicht beigestanden habe. Das Weib, das einem schimpflichen Gewerbe nachgeht, bittet mich um einen reichen Ertrag. Schlag' ich etwas ab, gleich geben sie ihren Unwillen kund: Du bist also keine Mutter der Barmherzigkeit. Andere Bitten sind dann weniger gottlos als töricht. Da ruft eine Ledige: Maria, gib mir einen schönen und reichen Mann! Eine Verheiratete bittet um hübsche Kinderchen. Eine Schwangere fleht um eine leichte Geburt. Ein Alter ruft: Laß mich lange leben ohne Husten und Durst. Ein hirnschwacher Greis bittet: Laß mich wieder jung

9   Nämlich die Probiersteine, an denen die Metalle auf ihre Echtheit geprüft werden.

werden. Ein Philosoph ruft: Laß mich unlösbare Knoten knüpfen. Ein Priester: Bescher' mir eine fette Pfarrei. Ein Schiffer: Gib mir eine glückliche Fahrt. Ein Oberster: Zeige mir deinen Sohn, bevor ich sterbe. Ein Höfling: Laß mich in der Stunde des Todes wahr beichten. Ein Bauer: Schick' Regenwetter. Und die Bäuerin: Bewahr' mir das Klein- und Großvieh gesund. Verweigere ich irgend was, gleich bin ich grausam. Verweise ich sie an meinen Sohn, so hör' ich die Entgegnung: Was du willst, will auch er. So soll ich einziges Weib und Jungfrau sorgen für die Schiffer und Krieger und Kaufleute, die Spieler, die Heiratslustigen, die Gebärenden, die Fürsten und Könige und Landleute. Und das Gesagte ist nur der kleinste Teil von dem, was ich zu erdulden habe. Mit all diesen Geschäften werde ich jetzt weit weniger behelligt, und dafür würde ich dir den heißesten Dank sagen, wenn nicht dieser Vorteil einen noch größeren Nachteil nach sich zöge: wohl ist meine Muße größer, dafür sind aber auch die Ehren kleiner und die Einkünfte. Einst wurde ich begrüßt als Himmelskönigin, als Herrin der Welt; jetzt höre ich kaum von einigen wenigen: Ave Maria. Einst war ich in Edelsteine und Gold gekleidet; ich hatte Überfluß an Kleidern zum Wechseln an Festtagen. Gaben in Gold und Edelstein wurden dargebracht. Heute bin ich kaum mit einem halbierten kleinen Mantel bedeckt, und der ist von den Mäusen zerfressen. Die Jahreseinkünfte aber sind derart, daß ich nur einen armseligen Küster ernähren kann, der das Lämpchen oder die Unschlittkerze anzündet. Und das alles könnte noch ertragen werden, wenn es von dir nicht hieße, daß du noch Größeres im Schilde führst. Wie sie sagen, zielst du dahin, daß du, was nur von Heiligen da ist, aus den Gotteshäusern vertreiben willst. Siehe doch ja genau zu, was du da tust! Den anderen Heiligen fehlt es nicht an Mitteln, dies Unrecht zu strafen. Der aus der Kirche herausgeworfene Petrus kann dir seinerseits dann die Himmelstür zuschließen. Paulus hat ein Schwert, Bartholomäus ist mit einem Messer bewaffnet, der heilige Wilhelm ist unter seinem Mönchskleid ganz gepanzert und trägt eine schwere Lanze. Und was willst du erst gegenüber dem Georg anfangen, dem schwergerüsteten Ritter, der einen Spieß und ein furchtbares Schwert mit sich führt? Auch Antonius ist nicht waffenlos, er hat das »heilige Feuer«[10]. Auch die anderen haben ihre Waffen oder Plagen, die sie, wenn sie wollen, schicken. Mich aber, die ich zwar ungewaffnet bin, wirst du doch nicht herauswerfen, außer du müßtest zugleich auch meinen Sohn herauswerfen, den ich im Schoß halte. Von ihm lasse ich mich nicht wegreißen. Entweder wirst du also ihn mit mir austreiben, oder du mußt beide behalten, du müßtest denn eine Kirche ohne Christus haben wollen. Das wollte ich dir zu wissen tun. Überleg' dir wohl deine Antwort. Denn die Sache liegt mir sehr am Herzen. Gegeben in unserm steinernen Hause. Am 1. August im Jahr der Marter meines Sohnes 1524. Ich, die steinerne Jungfrau, habe dies mit eigener Hand unterschrieben«.

Menedemus. Fürwahr ein drohender, furchtbarer Brief. Er wird, denk' ich, dem Glaucoplutus zur Warnung dienen.

Ogygius. Wenn er Verstand hat.

Menedemus. Warum hat denn nicht auch der beste Jakobus über diese Sache ihm geschrieben?

Ogygius. Ich weiß es nicht, es müßte denn sein, weil er weiter entfernt ist und in diesen Zeitläuften alle Briefe aufgefangen werden.

Menedemus. Aber sag', welch ein Gott hat dich nach England zurückgeführt?

Ogygius. Ein wunderbar günstiger Wind lud zur Fahrt dahin ein, dann hatte ich auch der heiligen parathalassischen Jungfrau so ziemlich versprochen, nach zwei Jahren sie wieder zu besuchen.

Menedemus. Was wolltest du von ihr erbitten?

Ogygius. Nichts besonderes, nur jene gewöhnlichen Dinge: eine gesunde Familie, größeren Besitz, ein langes und fröhliches Leben in dieser Zeitlichkeit und die ewige Glückseligkeit im Jenseits.

Menedemus. Konnte all das die Muttergottes bei uns nicht auch gewähren? Sie besitzt in Antwerpen einen weit erhabeneren Tempel als in Walsingham.

Ogygius. Ich stelle nicht in Abrede, daß sie das vermöchte, aber es ist nun einmal so, daß sie an verschiedenen Orten Verschiedenes spendet, sei es, daß es ihr so gut zu sein scheint, sei es, daß sie, gütig wie sie ist, sich hierin unseren Neigungen anpaßt.

---

10   Auch Antoniusfeuer genannt, eine schlimme epidemische Krankheit, gegen die das Gebet zum heiligen Antonius als besonders wirksam galt.

Menedemus. Vom Jakobus habe ich häufig erzählen hören; aber das Reich jener parathalassischen Jungfrau bitte ich dich mir zu schildern.

Ogygius. Ich will's mit möglichst kurzen Worten versuchen. Ihr Name ist hochberühmt durch ganz England hindurch, und nicht leicht würdest du auf der Insel Einen finden, der seinen Angelegenheiten gutes Gelingen wünscht und dafür nicht jedes Jahr die Heilige mit irgend einer Gabe, je nach seinem Vermögen, begrüßt.

Menedemus. Wo ist sie zu Haus?

Ogygius. An der äußersten Grenze Englands, zwischen Westen und Norden, nicht weit vom Meere, ungefähr dreitausend Schritte. Es ist ein Dorf, das kaum von etwas anderem lebt als von der Menge der Besucher. Es ist da ein Kollegium von Kanonikern, denen aber von den Lateinern der Zuname der Regulären beigefügt wird, ein Mittelding zwischen Mönchen und Kanonikern, die sie Weltgeistliche nennen.

Menedemus. Du schilderst ja Amphibien von der Art wie der Biber.

Ogygius. Oder auch das Krokodil. Aber Scherz beiseite, ich will dir mit drei Worten erklären, was du wissen willst. Wo sich's um Unangenehmes handelt, da sind sie Kanoniker, wo aber um Angenehmes, Mönche.

Menedemus. Du gibst mir noch immer ein Rätsel auf.

Ogygius. Ich will dir's mathematisch beweisen. Wenn der Papst in Rom alle Mönche mit seinem Bannstrahl träfe, dann würden sie sich als Kanoniker, nicht als Mönche ausgeben. Gestattete aber derselbe allen Mönchen, eine Frau zu nehmen, dann würden sie Mönche sein.

Menedemus. O über diese neuen Vergünstigungen! möchten sie doch auch mein Weib mitnehmen!

Ogygius. Doch zur Sache. Dieses Kollegium verfügt kaum über andere Einkünfte als über das der Jungfrau Gespendete. Denn die großen Geschenke werden verwahrt; was aber von Gold eingeht oder von geringerem Werte, das dient zum Unterhalt der Mönchsschar und ihres Vorgesetzten, den sie Prior nennen.

Menedemus. Ist ihr Leben fromm?

Ogygius. Man darf es loben, sie sind reicher an Frömmigkeit als an Jahreseinkommen. Die Kirche ist schmuck und zierlich; doch wohnt in ihr nicht die heilige Jungfrau, sondern sie hat sie ehrenhalber ihrem Sohne abgetreten. Sie hat ihren eigenen Tempel, und zwar so, daß sie den Sohn zur Rechten hat.

Menedemus. Zur Rechten? Wohin schaut denn der Sohn?

Ogygius. Deine Frage ist berechtigt. Wenn er nach Westen schaut, hat er die Mutter zur Rechten, wendet er sich nach Sonnenaufgang, so ist sie zur Linken. Doch wohnt sie noch nicht da; denn noch ist das Gebäude nicht vollendet, und der Wind kann überall herein, denn Fenster und Türen stehen noch offen, und der Ozean ist in der Nähe, der Vater der Winde.

Menedemus. Das ist recht hart; wo hat sie denn ihre Unterkunft?

Ogygius. In diesem noch unvollendeten Tempel; es ist ein enges Kapellchen, aus Brettern gezimmert, auf beiden Seiten durch ein schmales Türlein den Andächtigen Einlaß gewährend. Das Licht ist nur schwach; es besteht fast einzig aus Wachskerzen; ihr Geruch ist für die Nase der angenehmste.

Menedemus. All das entspricht der Andacht.

Ogygius. Wenn du hineinblickst, Menedemus, so könntest du meinen, es sei der Sitz der Götter, so glänzt alles von Edelsteinen, Gold und Silber.

Menedemus. Du reizest mich, dorthin zu gehen.

Ogygius. Die Reise würde dich nicht reuen.

Menedemus. Gibt es dort kein heiliges Öl?

Ogygius. Du Tor! Solches Öl schwitzen ja nur die Gräber der Heiligen aus, wie z. B. die des Andreas und der Katharina. Maria aber ist nicht begraben worden.

Menedemus. Es ist richtig, ich hab' mich getäuscht. Aber beendige deine Erzählung.

Ogygius. Damit sich die Andacht um so breiter ausdehne, wird an verschiedenen Orten Verschiedenes gezeigt.

Menedemus. Vielleicht auch, damit die Gaben um so reichlicher fließen, nach jenem Dichterwort, daß die Beute durch viele Hände rasch anwächst.

Ogygius. Es sind auch immer Führer zu den Heiligtümern da.

Menedemus. Kanoniker?

Ogygius. Nein; diese werden nicht zugelassen, damit sie nicht durch der Andern Andacht der eigenen entfremdet werden und, während sie auf die reine Jungfrau achten, zu wenig an ihre Keuschheit denken. Nur im Innersten der Kapelle, sozusagen im Gemach der heiligen Jungfrau, steht am Altar ein Kanoniker.

Menedemus. Wozu?

Ogygius. Damit er das, was geschenkt wird, in Empfang nehme und aufbewahre.

Menedemus. Geben auch die, welche keine Lust dazu haben?

Ogygius. Keineswegs; immerhin nötigt gewisse Leute die fromme Scham, etwas zu geben, wenn jemand dabeisteht, während sie nichts geben würden, wenn kein Zeuge da wäre; oder sie schenken auch etwas reicher, als sie es sonst getan hätten.

Menedemus. Du kennst die menschliche Art, die auch ich erprobt habe.

Ogygius. Gewisse Leute sind aber der heiligsten Jungfrau so ergeben, daß sie, während sie dergleichen tun, ein Geschenk auf den Altar zu legen, mit erstaunlicher Geschicklichkeit das wegstipitzen, was ein anderer hingelegt hatte.

Menedemus. Wenn nun niemand dabeistände, würde dann die Jungfrau nicht augenblicklich auf solche Menschen den Blitz herabsenden?

Ogygius. Warum sollte das die Jungfrau eher tun als der himmlische Vater, den sie sich nicht scheuen, seines Schmuckes zu entblößen, nachdem sie sogar die Mauern von Kirchen durchbrochen haben?

Menedemus. Ich weiß nicht recht, was ich mehr bewundern soll, die gottlose Zuversicht jener oder Gottes Langmut.

Ogygius. An der Nordseite also ist eine Türe, nicht, damit aller Irrtum ausgeschlossen ist, an der Kirche, sondern in der Mauer, welche den ganzen Tempelbezirk abschließt. Diese Türe hat ein ganz kleines Pförtchen, wie wir es an den großen Portalen der Vornehmen sehen, so daß, wer eintreten will, zuerst sein Schienbein der Gefahr aussetzen und dann den Kopf bücken muß.

Menedemus. Sicher würde es gewiß nicht sein, durch ein solches Türlein zu einem Feinde einzudringen.

Ogygius. Da hast du ganz recht. Der Führer erzählte uns, es sei einst ein Rittersmann auf dem Pferd durch diese Tür den Händen des Feindes entronnen, der dem Fliehenden schon auf den Fersen war. Der Unglückliche, an seiner Rettung verzweifelnd, vertraute sein Heil der heiligen Jungfrau an, die in der Nähe war. Denn an ihren Altar zu fliehen hatte er beschlossen, wenn die Tür offen stände. Und siehe da: das Unerhörte geschah. Auf einmal war der ganze Ritter innerhalb der Tempelmauern, während der Feind vergebens draußen tobte. Menedemus. Machte der Erzähler seinen wunderbaren Bericht glaubwürdig?

Ogygius. Im höchsten Grade.

Menedemus. Das war doch bei dir, dem Philosophen, keine sehr leichte Sache.

Ogygius. Er wies uns an der Tür auf eine angenagelte Kupferplatte hin, die das Bild des geretteten Ritters zeigte in dem Kostüm, das damals die Engländer trugen und das wir auch auf älteren Malereien sehen. Wenn diese Darstellungen nicht lügen, so hatten damals die Haarschneider und die Tuchweber und -färber schlimme Zeiten.

Menedemus. Warum das?

Ogygius. Weil der Ritter einen Bart trug nicht anders als eine Ziege, und sein ganzes Kleid warf keine Falte und war so um gar nichts weiter als der Körper, daß es durch sein enges Anliegen den Körper selbst schmäler machte. Es war noch eine andere Tafel da, welche Gestalt und Größe des Heiligtums anzeigte.

Menedemus. Da war allerdings ein Zweifel nicht mehr erlaubt.

Ogygius. Unter dem Türlein war ein eisernes Geflecht, das nur einem Fußgänger den Eintritt gewährte. Es würde sich ja nicht ziemen, daß ein Pferd nach jenem den Ort beträte, das der frühere Ritter der Jungfrau geweiht hatte.

Menedemus. Ganz mit Recht.

Ogygius. Von hier nach Osten ist eine Kapelle voll Wundersachen. Ich begab mich dahin. Ein anderer Führer empfing uns. Dort beteten wir ein Weilchen. Dann wurde uns das Glied eines menschlichen Fingers gezeigt, des größten der Hand. Ich küßte ihn und fragte darauf, wem diese Reliquie angehöre. Dem heiligen Petrus, antwortete er. Dem Apostel? fragte ich. Er bejahte. Wie ich nun die Größe des Gliedes betrachtete, die auf einen Riesen hätte schließen lassen, sagte ich: Petrus muß ein Mann von außergewöhnlicher Größe gewesen sein. Auf dieses Wort hin brach einer von meinen Begleitern in lautes Gelächter aus, was mir sehr unangenehm war. Denn hätte er geschwiegen, so würde uns der Küster nichts von all dem Übrigen vorenthalten haben. Immerhin haben wir ihn so gut als möglich besänftigt, indem wir ihm einige Geldstücke gaben. Vor der Kapelle war ein Vorbau, von dem er erzählte, er sei zur Winterszeit, als der Schnee alles bedeckte, plötzlich von weither dahin getragen worden. Unter diesem Dache sind zwei bis zum Rande volle Behälter; es heißt, das sei eine der heiligen Jungfrau geweihte Quellader; das Wasser ist wunderbar kalt und wirksam bei Kopf- und Magenweh als Heilmittel.

Menedemus. Wenn kaltes Wasser die Schmerzen des Kopfes und Magens heilt, dann wird auch Öl das Feuer löschen.

Ogygius. Es ist ein Wunder, von dem du da hörst, mein Guter: wäre es etwa ein Wunder, wenn das kalte Wasser den Durst stillte?

Menedemus. Das wär' also der eine Teil der Fabel.

Ogygius. Sie behaupten, diese Quelle sei plötzlich auf Geheiß der heiligsten Jungfrau aus der Erde emporgesprungen. Wie ich alles genau mir ansah, fragte ich, wie viel Jahre es her sei, seit jenes Häuslein hierher herübergebracht worden sei. Er sagte: einige Jahrhunderte. Die Wände hätten eben nichts Altes an sich, warf ich ein. Er widersprach nicht. Auch die hölzernen Säulen nicht, fügte ich bei. Er gab zu, sie seien neuerdings aufgerichtet worden. Und das ergab der Augenschein. Auch die Stroh- und Rohrbedeckung des Dachs scheine jüngeren Datums zu sein, fuhr ich fort. Er stimmte bei. Auch die Querbalken da, sagte ich weiterhin, und die Latten, welche das Strohdach stützen, scheinen nicht vor vielen Jahren angebracht worden zu sein. Er nickte bejahend. Und als nun kein Teil des Häuschens mehr übrig war, frage ich, wieso denn feststehe, daß dieses kleine Gebäude von weither herübergetragen worden sei.

Menedemus. Bitte, sag' mir, wie sich der Küster aus diesem Knäuel herausgelöst hat.

Ogygius. Ohne Zögern zeigte er ein sehr altes Bärenfell, das an die Balken angenagelt ist, und er spottete nahezu über unsere Geistesträgheit, daß wir für ein so handgreifliches Beweisstück keine Augen hätten. So ließ ich mich überzeugen, und indem wir um Verzeihung baten wegen unserer Schwerfälligkeit, wandten wir uns der heiligen Milch der seligen Jungfrau zu.

Menedemus. Ach, was doch die Mutter dem Sohn ähnelt! Er hat uns soviel seines Blutes auf Erden zurückgelassen, sie soviel Milch, daß es kaum zu glauben ist, sie könne von einem einzigen Weibe, das einmal geboren hat, herrühren, selbst wenn das Kind keinen Tropfen getrunken hätte.

Ogygius. Dasselbe bringen sie vor in bezug auf das Kreuz des Herrn, das an so vielen privaten und öffentlichen Orten gezeigt wird, daß, wenn man die Fragmente an einen Ort zusammenbringen könnte, sie das volle Gewicht eines Lastschiffes ausmachen würden, und dabei hat der Herr doch sein Kreuz auf dem Rücken getragen.

Menedemus. Scheint dir aber diese Sache nicht auch wunderbar zu sein?

Ogygius. Etwas Neues könnte man es vielleicht nennen, nicht aber etwas Wunderbares, denn der Herr, der nach seinem Gutfinden diese Dinge vermehrt, ist allmächtig.

Menedemus. Du erklärst das freilich mit frommem Sinn; ich fürchte nur, vieles Derartige werde bloß zum Gewinnmachen fingiert.

Ogygius. Ich glaube nicht, daß der Herr sich auf diese Weise würde verspotten lassen.

Menedemus. Und doch werden ja Mutter und Sohn und Vater und heiliger Geist von Gottlosen beraubt, ohne daß sie sich nur ein bißchen rühren, um durch Nicken oder durch ein Geräusch die Verbrecher abzuschrecken. So groß ist eben die himmlische Güte.

Ogygius. So ist's; doch hör' das Weitere. Diese Milch wird im Hochaltar verwahrt; auf dessen Mitte befindet sich Christus, zu seiner Rechten, ehrenhalber, die Mutter. Denn die Milch repräsentiert die Mutter.

Menedemus. Ist die Milch sichtbar?

Ogygius. Versteht sich, sie ist in Kristall eingeschlossen.

Menedemus. Sie ist also flüssig?

Ogygius. Wie kann sie flüssig sein, da sie doch vor 1500 Jahren vergossen worden ist? Sie ist geronnen. Man könnte meinen, es sei zerriebene Kreide, vermischt mit Eiweiß.

Menedemus. Warum zeigen sie sie denn nicht ohne Gefäß?

Ogygius. Damit die jungfräuliche Milch nicht durch die Küsse von Männern befleckt werde.

Menedemus. Du hast recht. Denn ich denke, es gibt da solche, welche weder einen reinen, noch einen keuschen Mund daran halten würden.

Ogygius. Als uns der Führer sah, eilte er herbei, zog ein linnenes Kleid an, legte die heilige Stola über den Nacken, warf sich andächtig nieder und betete an. Dann hielt er uns die hochheilige Milch zum Kusse hin. Da fielen auch wir auf der untersten Stufe andächtig nieder, und nachdem wir zuerst Christus verehrt hatten, riefen wir die Jungfrau mit dem folgenden Gebete, das ich für diese Gelegenheit mir zurecht gelegt hatte, an: Jungfrau Mutter, die du an deinen jungfräulichen Brüsten den Herrn Himmels und der Erden, Jesum, deinen Sohn, säugen durftest, wir bitten dich, daß auch wir, gereinigt durch sein Blut, zu jener glücklichen Kindheit taubenhafter Einfalt gelangen, die, nichts wissend von Bosheit, Täuschung und Betrug, beständig die Milch der evangelischen Lehre begehrt, bis sie zum vollkommenen Manne vorwärtsschreitet, zum Maß der Vollendung Christi, dessen selige Gemeinschaft du ewiglich genießest samt dem Vater und dem heiligen Geiste. Amen.

Menedemus. Fürwahr ein frommes Gebet. Was machte darauf die Jungfrau?

Ogygius. Christus und Maria schienen beide mir zuzunicken, wenn mich die Augen nicht täuschten. Denn die heilige Milch schien zu hüpfen, und die Hostie glänzte etwas weißer. Inzwischen trat der Führer zu uns heran, schweigend zwar, aber eine Tafel hinhaltend, wie sie bei den Deutschen diejenigen vorweisen, welche auf den Brücken den Zoll einfordern.

Menedemus. Oft genug habe ich geflucht über jene Betteltäfelchen, wenn ich durch Deutschland reiste.

Ogygius. Wir spendeten einige Geldstücke, und er brachte sie der Jungfrau dar. Bald darauf erkundigte ich mich durch einen mit der englischen Sprache vertrauten Dolmetscher, einen jungen Mann von einnehmender Beredsamkeit (er hieß, wenn ich nicht irre, Robert Aldrisius[11]) so höflich ich konnte, auf Grund welcher Beweise man wisse, daß dies die Milch der Jungfrau sei. Ich wünschte nämlich in frommem Eifer zu wissen, wie ich den Gottlosen, die über all diese Dinge spotten, den Mund stopfen könnte. Zuerst schwieg der geistliche Führer mit gerunzelter Stirn. Ich hieß meinen Dolmetscher auf der Frage zu bestehen, aber noch freundlicher. Er tat es so liebenswürdig, daß sogar eine Mutter, die eben erst Kindbetterin war, es nicht schlimm würde aufgenommen haben, wenn er sie mit solchen Worten angeredet hätte. Unser Cicerone jedoch, wie von irgend einer göttlichen Macht angetrieben, sah uns mit erstaunten, die gotteslästerliche Rede voll Grauen gleichsam verfluchenden Augen an und sprach: Wozu ist es notwendig, das zu erfragen, da Ihr doch die authentische Tafel habt? Und er schien durchaus aufgelegt, uns als Ketzer hinauszuwerfen, wenn wir nicht mit Geld den Zorn des Mannes beschwichtigt hätten.

11 Aldrisius zog schon 1507 in Cambridge die Aufmerksamkeit des Erasmus auf sich. Er wurde später Universitätsprediger in Eton und 1537 Bischof von Carlisle. Er hat sich als theologischer Schriftsteller einen Namen gemacht.

Menedemus. Was tatet ihr dabei?

Ogygius. Wir? was meinst du? Wie von der Peitsche gezüchtigt oder vom Blitz gerührt schlichen wir uns davon, nachdem wir demütig für unsere Keckheit um Verzeihung gebeten hatten; denn so schickt es sich angesichts heiliger Dinge. Wir gingen von da weiter zur Kapelle, der Wohnung der heiligen Jungfrau. Wie wir dorthin gingen, erschien ein Führer von den Minoritenbrüdern und sah uns an, als kennte er uns; als wir weiter schritten, begegnete uns ein anderer, der uns auf dieselbe Weise ansah; schließlich noch ein dritter.

Menedemus. Sie wollten dich vielleicht malen.

Ogygius. Ich vermutete etwas ganz anderes.

Menedemus. Was?

Ogygius. Daß ein kirchenräuberischer Mensch irgend etwas vom Schmuck der heiligen Jungfrau habe mitlaufen lassen und nun der Verdacht auf mich gefallen sei. Wie ich daher die Kapelle betrat, wandte ich mich mit folgendem Gebet an die jungfräuliche Mutter: O du, die du einzig unter den Frauen Mutter und Jungfrau zugleich bist, glückseligste Mutter, reinste Jungfrau; jetzt besuchen wir Unreine dich, du Reine, grüßen dich und ehren dich nach Kräften mit unseren kleinen Gaben. Möge uns dein Sohn verleihen, daß auch wir in Nachahmung deiner heiligsten Sitten wert erachtet werden, durch die Gnade des heiligen Geistes den Herrn Jesum im tiefsten Innern unseres Herzens geistlich zu empfangen und den Empfangenen niemals zu verlieren. Amen. Zugleich küßte ich den Altar, legte einige Geldstücke nieder und ging weg.

Menedemus. Wie verhielt sich die Jungfrau? Gab sie nicht durch Nicken ein Zeichen, daß sie dein Gebetlein erhört habe?

Ogygius. Wie ich schon sagte: die Beleuchtung war unsicher, und das Muttergottesbild stand im Dunkel auf der rechten Seite des Altars. Überdies hatte mich die Rede unseres ersten Führers so herabgestimmt, daß ich die Augen nicht zu erheben wagte.

Menedemus. So nahm denn deine Reise keinen freudigen Ausgang.

Ogygius. Im Gegenteil einen sehr freudigen.

Menedemus. Du richtest mich wieder auf; denn auch mir war das Herz in die Knie gefallen, um mit deinem Homer zu sprechen[12].

---

12 Von den »Füßen« ist bei Homer die Rede; von den Schuhen und Hosen sprechen wir.

Ogygius. Nach dem Essen kehrten wir zur Kirche zurück.

Menedemus. Das wagtest du, der du unter dem Verdacht des Kirchenraubes standest?

Ogygius. Mochte man mich verdächtigen, ich selbst wußte mich unschuldig. Ein gutes Gewissen kennt keine Furcht. Mich trieb die Begierde, die Tafel zu sehen, auf die uns der Führer verwiesen hatte. Nach langem Suchen fanden wir sie endlich; sie war aber so hoch oben befestigt, daß sie nicht von jedem Auge gelesen werden konnte. Meine Augen sind weder so scharf wie die des Lynkeus, noch eigentlich schwachsichtig. Ich folgte daher gleichzeitig dem lesenden Aldrisius mit den Augen, da ich selbst ihm nicht völlig getraut hätte bei einer so wichtigen Sache.

Menedemus. Wurde aller Zweifel verscheucht?

Ogygius. Ich schämte mich, daß ich im leisesten gezweifelt hatte, so klar war die ganze Sache vor Augen gestellt: Name, Ort, wie die Sache sich genau zugetragen hatte – kurz, nichts fehlte. Er hieß Wilhelm und stammte aus Paris, ein in allen Dingen frommer Mann, der hauptsächlich dadurch seine Andacht zeigte, daß er auf der ganzen Erde Reliquien von Heiligen zusammensuchte. Auf seinen Wanderschaften durch die meisten Länder und seinen Besuchen in Klöstern und Kirchen in aller Welt kam er endlich nach Konstantinopel. Sein Bruder war dort Bischof. Dieser machte den schon zur Rückkehr sich Rüstenden aufmerksam, es sei eine Gott geweihte Jungfrau da, welche Milch von der jungfräulichen Mutter besitze; Wilhelm werde über die Maßen glücklich sein, wenn er mit Bitten oder Geld oder durch List eine Portion davon erwerben könne. Denn all' seine bis dahin gesammelten Reliquien wollten nichts besagen im Vergleich zu dieser heiligen Milch. Wilhelm ließ nicht nach, bis er die Hälfte dieser Milch durch Bitten erlangt hatte. Mit diesem Schatz dünkte er sich reicher als Krösus.

Menedemus. Warum auch nicht, und das zudem noch wider alles Hoffen.

Ogygius. Er reiste stracks nach Hause; unterwegs wurde er krank. Da er Gefahr im Verzug sah, beschied er heimlich einen Franzosen zu sich, der auf der Wallfahrt sein treuester Begleiter gewesen war. Feierliches Stillschweigen legte er ihm auf und übergab ihm die Milch unter der Bedingung, daß, wenn er heil nach Hause komme, er den Schatz niederlege auf dem Altar der heiligen Jungfrau in der ehrwürdigen Kirche in Paris, die nach beiden Seiten auf die vorüberfließende Seine schaut, welcher Fluß sogar der göttlichen Jungfrau zu Ehren auszuweichen scheint. Um es kurz zu machen: Wilhelm starb. Der andere machte sich auf die Reise, da ergriff auch ihn eine Krankheit. An seinem Aufkommen verzweifelnd, übergab er die Milch einem englischen Grafen, verpflichtete ihn aber mit vielen Eiden, das zu tun, was er selbst hatte tun wollen. Der Engländer empfing die Milch und deponierte sie auf dem Altar in Anwesenheit der Kanoniker von Notre Dame, die damals Reguläre hießen, wie sie noch an der Ste. Geneviève sind. Von ihnen erbat er sich die Hälfte der Milch. Diese wurde nach England und schließlich nach Parathalassus gebracht, wohin der Geist jenen gerufen hatte.

Menedemus. Sicherlich hat die Erzählung ihren hübschen festen Zusammenhang.

Ogygius. Damit gar kein Zweifel mehr bestehen könnte, waren die Namen der Suffragan-Bischöfe beigeschrieben worden, welche den diese Milch nicht ohne ein kleines Geschenk Betrachtenden für so lange Sündenerlaß gewährten, als ihnen zu verleihen gestattet ist.

Menedemus. Wieviel macht das aus?

Ogygius. Für vierzig Tage.

Menedemus. Gibt's auch in der Unterwelt Tage?

Ogygius. Freilich kennen sie dort die Zeit.

Menedemus. Wenn sie aber einmal das ihnen zugeteilte Maß der Sündenvergebung völlig ausgeschöpft haben, ist dann nichts mehr zum Spenden da?

Ogygius. So ist's nicht; denn es strömt immer nach, was sie geben können, und gerade das Gegenteil von dem geschieht, was vom Faß der Danaiden erzählt wird. Denn dieses ist, obwohl unablässig angefüllt, immer leer; hier kannst du immerfort schöpfen, es ist niemals weniger im Faß.

Menedemus. Wenn sie hunderttausend Menschen vierzig Tage gewähren, entfallen dann auf jeden einzelnen ebensoviele?

Ogygius. Ja gewiß.

Menedemus. Und wenn diese vor dem Essen vierzig erhalten und dann nach dem Essen wiederum vierzig fordern, wäre dann genug zum Gewähren zur Hand?

Ogygius. Ja freilich, selbst wenn es in einer und derselben Stunde zehnmal geschähe. Menedemus. Ach hätt' ich doch ein solches

Kästlein zu Hause; ich wünschte mir nur drei Drachmen, vorausgesetzt, daß sie so sprudelten.

Ogygius. Wünsch' doch gerade, daß du ganz von Gold werdest; der Wunsch wäre gleich einträglich. Doch ich kehre zu meiner Erzählung zurück. Es war noch der folgende treuherzig fromme Beweis beigefügt: die Milch der Jungfrau, die an mehreren anderen Orten gezeigt würde, sei zwar auch verehrungswürdig, diese aber sei es noch weit mehr als die übrige, weil jene anderen Milchreliquien von Steinen abgeschabt worden seien, diese aber aus der Brust der Jungfrau selbst geflossen sei.

Menedemus. Wie läßt sich das feststellen?

Ogygius. Jene Jungfrau in Konstantinopel erzählte es, welche die Milch geliefert hat.

Menedemus. Und ihr hat es vielleicht der heilige Bernhard mitgeteilt.

Ogygius. So nehm' ich an.

Menedemus. Diesem begegnete es ja im Alter, daß er Milch aus derselben Brust kostete, welche den Jesusknaben säugte. Wunderlich ist dann nur, daß er Honigmund und nicht Milchmund genannt wird. Aber wie nennt man das »Milch der Jungfrau«, was doch nicht aus ihrer Brust floß?

Ogygius. Auch jene Milch floß, aber indem sie von einem Stein, auf dem die Jungfrau gerade säugend saß, aufgefangen wurde, gerann sie, worauf sie dann nach Gottes Willen vermehrt worden ist.

Menedemus. Gut so. Nun mach' weiter.

Ogygius. Wie wir nach alledem uns zum Weggehen rüsteten und noch hin- und herspazierten und das, was uns des Betrachtens wert schien, uns ansahen, da waren wiederum die Führer da, schielten nach uns hin, deuteten mit dem Finger auf uns, liefen herzu und wieder zurück, winkten und schienen uns anreden zu wollen, wenn sie's nur gewagt hätten.

Menedemus. Beschlich dich keine Furcht?

Ogygius. Im Gegenteil, ich wandte ihnen das Gesicht zu und sah sie mit lächelnder Miene an, als wollte ich sie zum Anreden auffordern. Da trat endlich einer auf uns zu und fragte, wie ich heiße. Ich sag' meinen Namen. Ob ich der sei, der vor zwei Jahren eine Votivtafel mit hebräischen Buchstaben angeheftet hätte? Ich sagte ja.

Menedemus. Kannst du denn Hebräisch schreiben?

Ogygius. Nicht von ferne; aber jene nennen, was sie nicht verstehen, Hebräisch. Alsbald kam, offenbar hergerufen, der Subprior[13]. Er begrüßte mich sehr höflich und erzählte, wie viele schon geschwitzt hätten, um jene Verse zu lesen, wie viele Brillen da vergebens geputzt worden seien. So oft ein alter Theologe oder ein Jurist gekommen sei, wurde er vor das Täfelchen geführt: einer meinte, es seien arabische Buchstaben, ein anderer, es seien erfundene; endlich fand sich wenigstens einer, der den Titel las. Dieser war in lateinischen Worten und Buchstaben abgefaßt, aber in Majuskeln. Es waren griechische Verse, in großen griechischen Buchstaben, welche auf den ersten Anschein hin für lateinische Majuskeln könnten gehalten werden. Auf ihre Bitten hin gab ich den Sinn der Verse lateinisch wieder in wortgetreuer Übersetzung. Obschon ich ein für diese kleine Mühe mir dargebotenes Geschenklein entschieden zurückwies mit der Bemerkung, es sei nichts so mühselig, daß ich es nicht zu Ehren der heiligsten Jungfrau mit Begierde tun würde, hieße sie mich auch Briefe von hier nach Jerusalem tragen –.

Menedemus. Was braucht sie dich als Briefträger, da ihr doch zu Händen und Füßen so viel Engel bereit stehen?

Ogygius. Obschon ich also das zurückwies, zog jener aus seinem Beutel ein Stückchen Holz, das von einem Balken abgesägt ward, auf dem einst die jungfräuliche Mutter stehend gesehen worden ist. Ein wundersamer Geruch bezeugte sofort, daß das ein sehr heiliges Ding sei. Nachdem ich ein so bedeutsames Geschenk gebückt und barhäuptig voll Ehrfurcht drei- oder viermal geküßt hatte, barg ich es in meinem Beutel.

Menedemus. Darf ich es sehen?

Ogygius. Meinetwegen schon. Nur, wenn du nicht nüchtern bist oder in der letzten Nacht dir mit deinem Weibe zu schaffen gemacht hast, so möchte ich dir eine Besichtigung nicht anraten.

Menedemus. Zeig's nur, es hat keine Gefahr.

Ogygius. Hier ist's.

Menedemus. Wie glücklich bist du doch mit einem solchen Geschenk!

Ogygius. Ja, du magst es nur wissen: ich würde dieses Spänchen Holz nicht mit allem Gold des Tejo vertauschen; ich will's in Gold fassen,

---

13 Die philologischen Späßlein des Originals über diesen Titel hat sich der Übersetzer geschenkt.

doch so, daß es durch das Glas sichtbar ist. Wie mich der Subprior so andächtig dieses kleine Geschenk verehren sah, fragte er, in der Meinung, ich sei nicht unwert, daß mir auch Wichtigeres anvertraut werde, ob ich schon die Sekreta der heiligen Jungfrau gesehen hätte. Dieses Wort machte mich etwas stutzig; doch wagte ich nicht zu fragen, was unter diesen Sekreta zu verstehen sei. Denn bei so heiligen Dingen ist auch ein Straucheln der Zunge nicht gefahrlos. Ich verneinte die Frage, drückte aber meine große Lust, sie zu sehen, aus. Und schon war ich drinnen, wie vom Hauche Gottes berührt. Es wurde die eine und andere Wachskerze angesteckt: da wurde mir ein kleines Bild gezeigt, das weder durch Umfang, noch durch das Material und die Arbeit hervorragend war, dafür aber reich an innerer Kraft.

Menedemus. Bei den Wundern kommt nicht viel auf die Masse an. Ich habe den Christoph in Paris gesehen, nicht nur in kolossaler Größe, sondern geradezu einem eigentlichen Berge gleich; und doch war er durch keine Wunder berühmt, soviel ich wenigstens gehört habe.

Ogygius. Zu Füßen der Jungfrau befindet sich ein Edelstein, dem die Lateiner und Griechen noch keinen Namen gegeben haben; die Franzosen benannten ihn nach der Kröte, weil er die Gestalt der Kröte so wiedergibt, wie kein Künstler es besser vermöchte. Und was das Wunder noch größer macht, der Stein ist winzig, die Gestalt der Kröte aber tritt nicht hervor, sondern im Stein, in den sie gleichsam eingeschlossen ist, wird sie sichtbar.

Menedemus. Vielleicht malen wir uns die Ähnlichkeit mit der Kröte nur aus, wie wir in der durchschnittenen Wurzel des Farrenkrauts einen Adler uns vormachen. Und was sahen wir als Knaben nicht in den Wolken: feuerspeiende Drachen, von Feuer glühende Berge, bewaffnete Kämpfer.

Ogygius. Merk' dir nur das, daß keine lebendige Kröte sich klarer darstellt, als dies hier der Fall war.

Menedemus. Bis dahin habe ich deine Geschichten ertragen; jetzt aber such' dir einen anderen, dem du die Sache mit der Kröte weismachest.

Ogygius. Mich wundert es nicht, Menedemus, daß du so aufgeregt bist. Auch mich hätte das niemand glauben machen können, selbst nicht, wenn der ganze Theologen-Orden es bestätigt hätte; nun aber erblickte ich es mit diesen meinen Augen und ersah es ganz deutlich. Übrigens scheinst du dich etwas gar wenig um die Dinge der Natur zu bekümmern.

Menedemus. Wieso? Weil ich nicht glaube, daß die Esel fliegen?

Ogygius. Siehst du denn nicht, wie die Künstlerin Natur sich spielend ergötzt, die Farben und Formen aller Dinge auszudrücken, hauptsächlich in Edelsteinen? Und dann, was für wunderbare Kräfte hat sie in die Edelsteine gelegt, Kräfte, die unglaublich wären, wenn die Erfahrung uns nicht Bestätigung böte. Sag' mir auch: würdest du geglaubt haben, daß der Stahl ohne Berührung vom Magnet angezogen und dann wieder ohne Berührung von ihm abgestoßen werde, wenn du es nicht mit Augen gesehen hättest?

Menedemus. Allerdings niemals, und wenn zehn Aristotelesse es beschworen hätten.

Ogygius. Darum solltest du auch nicht gleich von Märchen sprechen, wenn du etwas hörst, was du noch nicht durch die Erfahrung erprobt hast[14].

Menedemus. Ich wundere mich nur, daß die Natur soviel Muße hat für dieses Spielen mit allen möglichen Nachahmungen.

Ogygius. Sie wollte die Wissenslust des menschlichen Geistes üben und uns auch so vom Müßiggang wegbringen. Und doch, als wäre das nichts, womit wir die lange Zeit vertreiben können, sind wir närrisch erpicht auf Possenreißer, auf Würfelspiel und auf Gaukelkunststücke.

Menedemus. Da sprichst du die volle Wahrheit. Aber warum geben sie eine Kröte der Jungfrau bei?

Ogygius. Weil sie allen Unflat, allen Gestank, Hoffart, Geiz und was es von weltlichen Begierden sonst gibt besiegt, zertreten, ausgelöscht hat.

Menedemus. Weh' uns, die wir eine solche Kröte in der Brust mit uns tragen!

Ogygius. Wir werden rein sein, wenn wir fleißig die Jungfrau verehren.

Menedemus. Welche Art Kultus liebt sie?

Ogygius. Der ihr angenehmste Kultus wird darin bestehen, daß du ihr nacheiferst.

Menedemus. Das sagst du ganz richtig, aber dies ist sehr schwer.

Ogygius. Das ist's freilich, aber auch sehr schön.

---

14 Den folgenden naturhistorischen Wissens- (oder Unwissens-) Kram dürfen wir unverdeutscht lassen.

Menedemus. Doch fahr' weiter im Text.

Ogygius. Darauf zeigte er mir goldene und silberne Standbilder. Das da, sagte er, ist von reinem Gold, das andere hier ist silbervergoldet; bei den einzelnen fügte er das Gewicht, den Preis und den Donator bei. Als ich voll Bewunderung der Jungfrau Glück wünschte zu einem so schönen Reichtum, sagte der Führer: Da ich sehe, daß Ihr ein pietätvoller Zuschauer seid, halte ich es nicht für billig, Euch etwas zu verheimlichen. Ihr sollt daher auch das Geheimste der Jungfrau zu sehen bekommen. Zugleich holte er aus dem Altar einen Schmuck von wunderbaren Sachen hervor, die einzeln aufzuzählen mehr als einen Tag erfordern würde. So endigte die Wallfahrt aufs glücklichste für mich. Ich bin mehr als satt von all dem Geschauten, und dieses unschätzbare Geschenk nahm ich mit als ein Pfand von der Jungfrau selbst.

Menedemus. Hast du noch keinen Versuch gemacht, was für eine Kraft in deinem Holz steckt?

Ogygius. Freilich: vor drei Tagen stieß ich in einem Gasthaus auf einen Geisteskranken, für den bereits die Fesseln bereit gemacht wurden; das Holz wurde ihm unter sein Kissen gelegt, ohne daß er es wußte, worauf er einen tiefen und langen Schlaf tat, und am Morgen stand er heilen Geistes auf.

Menedemus. Vielleicht war es kein Wahnsinn, sondern ein Rausch. Diesem Übel pflegt der Schlaf abzuhelfen.

Ogygius. Wenn du scherzen willst, Menedemus, so such' dir einen andern Stoff; gegen die Heiligen zu witzeln, zeugt weder von Frömmigkeit, noch ist es gefahrlos. Übrigens erzählte der Mann selbst, es sei ihm im Traum eine Frau von wunderbarer Schönheit erschienen, die ihm einen Pokal reichte.

Menedemus. Wahrscheinlich mit Nießwurz.

Ogygius. Das ist nicht sicher, dagegen absolut sicher, daß der Mensch wieder bei Sinnen ist.

Menedemus. Bist du beim Thomas, dem Erzbischof von Canterbury, vorübergegangen?

Ogygius. Mit nichten! Ist doch keine Wallfahrt gottseliger.

Menedemus. Ich möchte davon noch hören, wenn's dir nicht lästig fällt.

Ogygius. Im Gegenteil, ich bitte dich, mir zuzuhören. Kent wird der Teil Englands genannt, der nach Frankreich und Flandern hinschaut.

Die Hauptstadt ist Canterbury. In ihr befinden sich zwei Klöster, die fast aneinanderstoßen; in beiden gilt die Regel des Benedikt. Das, welches nach dem heiligen Augustin genannt wird, scheint das ältere zu sein; das andere wird jetzt nach St. Thomas benannt und war wohl der Sitz des Erzbischofs, wo er mit wenigen auserwählten Mönchen lebte, wie auch heute noch Bischöfe Häuser in der Nähe der Kirche besitzen, die aber von den Wohnungen der übrigen Kanoniker abgetrennt sind. Einst waren Bischöfe so gut wie Kanoniker Mönche. Das beweisen deutliche Anzeichen. Die dem heiligen Thomas geweihte Kirche erhebt sich in solcher Majestät, daß sie schon die aus der Ferne sie Erblickenden zur Verehrung zwingt. So steht sie denn mit ihrem Glanze der Berühmtheit ihrer Nachbarin im Weg und verdunkelt gleichsam die von altersher der Andacht geweihte Stätte. Sie hat zwei gewaltige Türme, die schon von weitem die Ankommenden grüßen und mit dem erstaunlichen Klang ihrer ehernen Glocken die Nachbarschaft weit und breit beherrschen. In der Vorhalle des Gotteshauses, die nach Süden liegt, stehen in Stein ausgehauen die drei Kriegsleute, die mit gottlosen Händen den heiligsten Mann gemordet haben; beigefügt sind ihre Familiennamen[15].

15 Erasmus gibt auch die Namen in der abenteuerlichen Fassung: (cognomina) Tusci, Fusci, Berri. Die drei eigentlichen Mörder des Erzbischofs hießen Tracy, Fitzurse und le Brez (Brito). Die Anfangsbuchstaben also würden stimmen; im übrigen hat entweder Erasmus schlecht gehört oder der Cicerone gefackelt. Da 1538, zwei Jahre nach des Erasmus Tod, Heinrich VIII. alles, was an Thomas erinnerte und auf seine Verehrung sich bezog, nicht nur in dessen Kathedralstadt, sondern durch das ganze Reich hin brutal beseitigen ließ, sind Art und Standort dieser Steinskulpturen in der südlichen Vorhalle nicht mehr festzustellen. Am ehesten wird wohl an ein Portalrelief zu denken sein. Daß das Martyrium vielfach dargestellt worden ist in Plastik und Malerei, ist sicher bezeugt. Für alles Nähere sei verwiesen auf Arth. Stanleys sorgfältiges Buch Historical memorials of Canterbury (1880, 9. Aufl.). Wenn Paul Hentzner im Itinerarium seiner englischen Reise zu Ende des 16. Jahrh. gleichfalls von den drei steinernen Erzbischofsmördern in der Kathedrale von Canterbury berichtet und ihre Namen genau so angibt wie Erasmus, so beweist das nicht etwa, daß er sie noch mit eigenen Augen gesehen oder die Namensinschriften gelesen, sondern einfach, daß er die Stelle unseres Kolloquiums unverfroren ausgeschrieben hat. Sein Wortlaut verrät das deutlich, er deckt sich im wesentlichen genau mit dem des Erasmus, dessen Besuch der Kathedrale in Begleitung Colets - des Pullus im Kolloquium - in

Menedemus. Warum erweist man gottlosen Menschen solche Ehre?

Ogygius. Sie genießen dieselbe Ehre wie Judas, Pilatus, Kaiphas und die Schar der verbrecherischen Soldaten, welche man skulpiert an den goldgeschmückten Altären sieht. Die Namen aber werden beigegeben, daß nicht späterhin aus Ruhmsucht einer einen Anspruch geltend mache. Und die Gestalten werden den Augen vorgeführt, damit künftig kein Höfling Hand an Bischöfe oder an Kirchenbesitz lege. Denn jene drei Trabanten wurden nach vollbrachter Tat wahnsinnig, und der Verstand kehrte ihnen erst zurück, als sie die Gnade des heiligsten Thomas angefleht hatten.

Menedemus. Oh über diese nie aufhörende Güte der Märtyrer!

Ogygius. Den Eintretenden tat sich die Weiträumigkeit des Gebäudes majestätisch auf. Dieser Teil ist für jedermann offen.

Menedemus. Da gibt es nichts zu sehen?

Ogygius. Nichts außer die Masse des Baues und einige Bücher, die an die Säulen befestigt sind, und unter denen sich das Evangelium des Nicodemus befindet, ferner das Grab ich weiß nicht von wem.

Menedemus. Und weiterhin?

Ogygius. Die eisernen Gitterschranken, die den Zutritt absperren, gestatten doch den Anblick des Raumes zwischen Schiff und Chor. Zu diesem steigt man über viele Stufen empor, unter denen ein flaches Gewölbe den Zugang zur Nordseite gewährt. Dort wird ein hölzerner der heiligen Jungfrau geweihter Altar gezeigt, klein, ohne irgend eine Sehenswürdigkeit, außer daß er ein Denkmal der alten Zeit ist, das unseren Tagen ihren Luxus vorhält. Dort soll der fromme Mann der Jungfrau sein letztes Lebewohl gesagt haben, als der Tod ihm bevorstand. Auf dem Altar liegt die Spitze des Schwertes, mit dem der Schädel des besten Bischofs gespalten und sein Hirn zerstört wurde zur Beschleunigung seines Todes. Den heiligen Rost dieses Eisens küßten wir andächtig aus Liebe zu dem Märtyrer. Von hier stiegen wir zur Krypta hinunter. Diese hat ihre eigenen Fremdenführer. Dort wird zuerst gezeigt die durchbohrte Hirnschale des Märtyrers; sie ist mit Silber bedeckt, nur der oberste Teil des Schädels ist frei gelas-

den Anfang des zweiten Dezenniums des 16. Jahrhunderts fällt. Das Verhältnis des Erasmus zu Colet beleuchtet fein Paul Wernle in seinem Vortrag »Die Renaissance des Christentums im 16. Jahrh.« (1904 bei J. C. B. Mohr).

sen für den Kuß. Es wird dann eine bleierne Platte vorgewiesen, in die der Name des Thomas Acrensis eingegraben ist. Es hängen dort auch im Dunkel die härenen Hemden, Gürtel, Unterkleider, mit denen der Kirchenmann sein Fleisch kasteite und die uns schon bloß vom Ansehen in Schrecken setzen und einen Vorwurf für unsere Weichlichkeit und unser Wohlleben bilden.

Menedemus. Vielleicht nicht nur für unsere, sondern auch die der Mönche.

Ogygius. Das kann ich nicht bejahen und nicht verneinen; es geht mich auch nichts an.

Menedemus. Du hast recht.

Ogygius. Von hier kehrten wir in den Chor zurück. Es wurden nun die geheimen Schätze bei der Nordseite aufgeschlossen. Erstaunlich, was da von Knochen hervorgebracht wurde, Schädel, Kinnbacken, Zähne, Hände, Finger, ganze Arme. Sie sind alle in Gold gefaßt, und wir küßten sie. Es würde kein Ende gewesen sein, wenn nicht mein damaliger, nicht besonders bequemer Begleiter auf der Wallfahrt den Eifer des Vorzeigers unterbrochen hätte.

Menedemus. Wer?

Ogygius. Er war ein Engländer, namens Gratianus Pullus, ein gelehrter und frommer Mann, der aber für diese Seite der Religion weniger übrig hatte, als ich gewünscht hätte.

Menedemus. Er war, denke ich, Wiclefit.

Ogygius. Ich glaub's nicht, obschon er dessen Schriften gelesen hatte; woher er sie erhalten hat, ist mir unklar.

Menedemus. Beleidigte der Mann den Führer?

Ogygius. Es wurde ein Arm vorgewiesen, an dem noch blutiges Fleisch war, da schreckte er davor zurück, ihn zu küssen, und auch in seinem Gesicht malte sich der Abscheu. Gleich darauf tat der Führer seine Sachen wieder weg. Wir sahen dann weiter das Altargemälde und die Schmuckgeräte, auch was unter dem Altar von Schätzen aufbewahrt wurde. Midas und Krösus hätte man Bettler nennen können angesichts dieser Menge Goldes und Silbers.

Menedemus. Hier gab's nichts zu küssen?

Ogygius. Nein, hingegen bewegte eine andere Art von Wünschen mein Herz.

Menedemus. Was für eine?

Ogygius. Ich seufzte: daß ich doch zu Hause derartige Reliquien hätte!

Menedemus. Ein kirchenräuberischer Wunsch!

Ogygius. Ich gebe es zu und bat inständig Gott um Verzeihung, bevor ich aus der Kirche hinausging. Wir wurden dann in die Sakristei geführt. Meine Güte, was war da für eine Pracht von seidenen Gewändern, welche Menge von goldenen Leuchtern! Dort sahen wir den Bischofsstab des heiligen Thomas. Er sah aus wie ein silberbeschlagener Rohrstab, sein Gewicht war ganz gering, nichts von künstlerischer Arbeit daran und er reichte nicht höher als bis zum Gürtel.

Menedemus. War kein Kreuz daran?

Ogygius. Ich sah keins. Auch sein Pallium wird gezeigt, es ist zwar ganz von Seide, aber von grobfädiger und weder mit Gold noch mit Edelsteinen geschmückt. Auch das Schweißtuch war da, das noch die deutlichen Spuren des Halsschweißes und von Blut aufweist. Diese Zeugnisse alter Einfachheit haben wir gerne küssend verehrt.

Menedemus. Werden diese Stücke nicht jedermann gezeigt?

Ogygius. Keineswegs, mein Lieber.

Menedemus. Wieso hat man dir soviel Zutrauen geschenkt, daß dir nichts von diesen Sachen verheimlicht wurde?

Ogygius. Da ich einigermaßen mit dem Erzbischof Wilhelm von Warham[16] bekannt bin, hatte er mich mit zwei Worten empfohlen.

Menedemus. Von vielen habe ich gehört, er sei ein Mann von ganz besonderer Freundlichkeit.

Ogygius. Sag' lieber, er ist die Menschlichkeit selber; du solltest ihn nur kennen. Bei ihm sind Gelehrsamkeit, Reinheit der Sitten, frommes Leben derart, daß keine Eigenschaft eines vollkommenen Bischofs ihm fehlt. Von diesen Reliquienstücken wurden wir hinaufgeleitet, denn hinter dem Hauptaltar steigt man gleichsam in eine neue Kirche empor. Dort wird in einer Kapelle das ganze Antlitz des vortrefflichen Mannes gezeigt, vergoldet und mit vielen Edelsteinen ausgeschmückt. Hier hätte ein unerwartetes Begebnis beinahe die ganze Glückseligkeit gestört.

Menedemus. Ich bin gespannt, was du da Schlimmes erzählen wirst.

Ogygius. Mein Begleiter Gratianus hat sich da herzlich wenig beliebt gemacht. Er fragte nach dem kurzen Gebet den Cicerone: Sagt, guter Pater, ist es wahr, was ich höre, daß Thomas bei Lebzeiten sehr

16   Der Erzbischof von Canterbury war ein treuer Gönner des Erasmus.

mildtätig gegen die Armen war? Das ist die volle Wahrheit, antwortete er, und begann viel von dessen Wohltaten an den Armen zu erzählen. Da bemerkte Gratianus: Ich nehme nicht an, daß diese Neigung in ihm sich verändert habe, es sei denn etwa zum Bessern. Der Führer stimmte zu. Nun, fuhr jener fort, da dieser heiligste Mann so mildtätig gegen die Armen gewesen ist, da er auch arm war und selbst der Geldunterstützung benötigte für seines Leibes Notdurft, meint Ihr nicht, er würde es jetzt, da er so reich ist und an nichts Mangel hat, mit Gleichmut hinnehmen, wenn ein armes Weib, das zu Hause hungrige Kinder hat oder Töchter, die aus Mangel an einer Mitgift ihre Keuschheit gefährdet sehen, oder einen krank darniederliegenden, völlig mittellosen Mann – wenn ein solches armes Weib um die Erlaubnis bäte, von all diesen Reichtümern nur ein Teilchen wegzunehmen, um ihre Familie zu unterstützen; sie würde es ja mit seinem Willen nehmen, sei's als Geschenk, sei's auf Borg. Als auf diese Worte der bei dem goldenen Kopfe stehende Führer nichts antwortete, sagte Gratianus, heftig wie er ist: Ich bin ganz überzeugt, der heilige Mann würde sich sogar freuen, daß er noch im Tod die Not der Armen mit seinem Reichtum mildern kann. Da runzelte der Führer die Stirne, rümpfte die Lippen und sah uns mit den Augen der Gorgo an, und ich zweifle nicht daran, daß er uns mit Ausspucken und Schimpfworten aus dem Tempel würde gejagt haben, hätte er nicht gewußt, daß wir vom Erzbischof empfohlen seien. Ich besänftigte nach Möglichkeit mit artigen Worten den Zorn des Mannes, indem ich bemerkte, Gratianus sage das nicht im Ernst, sondern scherze nach seiner Gewohnheit; zugleich legte ich einige Geldstücke hin.

Menedemus. Ich billige durchaus dein artiges Benehmen. Freilich dachte ich zuweilen ernsthaft darüber nach, wie diejenigen von Verbrechen freigesprochen werden können, welche soviel Geld auf die Errichtung, die Ausschmückung und Bereicherung von Gotteshäusern verwenden können, daß kein Maß und Ziel mehr ist. Ich gebe zu, daß man in bezug auf die heiligen Gewänder und auf die Kirchengeräte dem feierlichen Kultus Würde schuldet, und ich will auch, daß der Bau seine Majestät habe. Aber wozu die vielen Taufsteine und Leuchter und goldenen Statuen? wozu die ungeheuren Kosten für die Orgel? und wir begnügen uns nicht einmal mit einer einzigen; wozu das Musikgetöse, das teuer bezahlt werden muß, während inzwischen unsere Brüder und Schwestern, die lebendigen Tempel Christi, vor Hunger und Durst vergehen?

Ogygius. Es gibt keinen frommen und verständigen Mann, der in diesen Dingen nicht ein Maßhalten wünschte; da aber dieser Fehler von einer übertriebenen Frömmigkeit herrührt, so verdient er Nachsicht, zumal wenn man an die entgegengesetzte Krankheit derer denkt, welche die Kirchen ihrer Reichtümer berauben. Diese Dinge werden meist von Vornehmen und von Fürsten gestiftet und würden sonst bei Würfelspiel und Krieg draufgehen. Und wenn man etwas von diesen Dingen entwenden wollte, so wäre es einmal Kirchenraub, und zum andern würden die, welche zu geben pflegen, ihre Hände zumachen und obendrein noch zum Rauben ermuntert. Daher sind jene Geistlichen mehr Wächter als Herren all dieser Dinge. Übrigens will ich lieber eine Kirche, die strotzt von heiligem Gerät, als, wie es auch vorkommt, kahle und armselige, die Pferdeställen ähnlicher sehen als Gotteshäusern.

Menedemus. Wir lesen aber, daß einst Bischöfe dafür belobt worden seien, weil sie heilige Geräte verkauft und mit dem Erlös den Armen geholfen haben.

Ogygius. Die werden auch heute noch gelobt, aber nur gelobt; sie nachahmen darf man und mag man nicht, wie ich meine.

Menedemus. Ich halte deine Erzählung auf. Ich erwarte jetzt des Stückes Ausgang.

Ogygius. So höre denn, ich will's mit wenigen Worten abmachen. Unterdessen kam der Oberste der Kleriker.

Menedemus. Wer war das? Der Abt des Ortes?

Ogygius. Er trägt zwar die Mitra, hat auch die Einkunft eines Abtes, nur den Namen hat er nicht; er wird vielmehr Prior genannt, deshalb weil der Erzbischof die Stelle des Abtes vertritt. Denn von altersher war, wer Erzbischof jener Diözese war, zugleich auch Mönch.

Menedemus. Wenn ich eines Abtes würdige Einkünfte hätte, würde ich sogar den Namen eines Kamels auf mich nehmen.

Ogygius. Er schien mir ein recht frommer und verständiger Mann zu sein und nicht unkundig der Theologie des Scotus. Er öffnete uns einen Behälter, in dem die Überreste des Leibes des heiligen Mannes ruhen sollen.

Menedemus. Hast du die Knochen gesehen?

Ogygius. Das ist nicht gestattet, und es wäre auch nicht möglich, ohne Anstellen einer Leiter; den goldenen Sarg bedeckt eine hölzerne Hülle, zieht man diese mit Stricken empor, so kommen unschätzbare Kostbarkeiten zu Tage.

Menedemus. Was hör' ich?

Ogygius. Das Geringste war Gold; alles funkelte und glänzte und blitzte von seltenen, außerordentlich großen Edelsteinen. Einige übertrafen an Umfang die Größe eines Gänseeis. Mit großer Andacht standen einige Mönche herum; als der Deckel gehoben ward, adorierten wir alle. Der Prior wies mit einem weißen Stäblein die einzelnen Edelsteine, indem er den französischen Namen, den Preis und den Donator nannte. Die ausgezeichnetsten hatten Fürsten als Geschenke gesandt.

Menedemus. Der Mann muß ein vortreffliches Gedächtnis besitzen.

Ogygius. Da hast du recht; immerhin hilft auch die Übung; denn er tut das ja häufig. Von hier führte er uns in die Krypta zurück. Dort hat die jungfräuliche Mutter eine Wohnung, aber eine recht dunkle, zwiefach mit eisernen Schranken eingefriedete.

Menedemus. Was befürchtet man denn?

Ogygius. Ich nehme an, nichts als Diebe. Denn etwas Reicheres habe ich noch nie gesehen. Wie man die Lichter herbeigebracht hatte, hatten wir ein mehr als königliches Schauspiel.

Menedemus. Übertrifft sie an Reichtum noch die Parathalassische Jungfrau?

Ogygius. Dem Aussehen nach übertrifft sie jene weit; wie es mit ihren geheimen Schätzen steht, weiß sie allein. Die werden nur großen Herren oder besonders guten Freunden gezeigt. Schließlich wurden wir in die Sakristei zurückgeführt. Dort wurde ein mit schwarzem Leder bezogenes Kästchen herabgenommen und auf einen Tisch gestellt, man öffnete es, und alle beteten mit gebogenem Knie an.

Menedemus. Was enthielt es?

Ogygius. Einige zerlumpte Fragmente von Linnen, von denen die meisten noch Spuren von Schleim und Schweiß zeigten. Mit ihnen, so erzählten sie, pflegte sich der fromme Mann den Schweiß vom Gesicht und Hals abzutrocknen und die Feuchtigkeit aus der Nase, oder was es sonst von dergleichen schmutzigen Dingen gibt, an denen der menschliche Leib keinen Mangel hat. Da holte sich mein Gratianus wiederum keinen herzlichen Dank. Ihm, dem Engländer und bekannten, recht angesehenen Manne reichte der Prior ein solches Linnenstück als Geschenk, im Glauben, er biete ihm damit eine sehr willkommene Gabe an. Gratianus aber, wenig dankbar, berührte es nicht ohne Zeichen von Ekel mit den Fingern und legte es dann verächtlich wieder hin; dabei schürzte er die Lippen und machte brr; denn so pflegt er zu tun, wenn ihm etwas begegnet, was ihm verachtenswert zu sein scheint. Scham und Furcht quälten mein Herz. Der Prior, als gescheiter Mensch, übersah das Geschehnis und entließ uns gnädig, nachdem er uns einen Pokal mit Wein gereicht hatte. Als wir nach London zurückkehrten –.

Menedemus. Warum tatest du das, da du doch nicht weit von deinem Ufer wärest?

Ogygius. Das ist richtig; aber ich wich jener Küste gar gerne aus, da sie noch berüchtigter ist wegen der Betrügereien und Räubereien als das Kap Malea[17] wegen seiner Schiffbrüche. Ich will dir erzählen, was ich bei meiner letzten Überfahrt erlebte. Wir fuhren, mehrere Personen, von der Küste in Calais mit einem Boot nach dem großen Schiffe. Bei uns war ein junger armer Franzose mit zerlumpten Kleidern. Von ihm forderten sie eine halbe Drachme; denn soviel erpressen sie von jedem einzelnen für diese so kurze Fahrt. Jener wies auf seine Armut hin; sie durchsuchten ihn scherzweise, und wie sie ihm die Schuhe auszogen, fanden sie zwischen den untergelegten Sohlen zehn oder zwölf Drachmen; diese nahmen sie lachend ihm weg und hänselten mit Schimpfworten den »ruchlosen« Franzosen.

Menedemus. Was tat der Jüngling?

Ogygius. Was anders als weinen.

Menedemus. Mit welchem Recht handelten sie so?

Ogygius. Ganz mit demselben, mit dem sie das Gepäck der Fremden stehlen und die Geldbeutel wegnehmen, wenn sich Gelegenheit dazu findet.

Menedemus. Mich wundert, daß sie vor so vielen Zeugen solches zu tun wagten.

Ogygius. Sie haben sich so daran gewöhnt, daß sie meinen, sie täten das mit Recht. Mehrere auf dem großen Schiffe schauten zu, und im Boot waren einige englische Kaufleute, die vergebens darüber

17 In Lakonien.

murrten. Jene rühmten sich als einer lustigen Tat, daß sie den ruchlosen Franzosen erwischt hätten.

Menedemus. Ich würde solche diebischen Seeleute mit Vergnügen kreuzigen.

Ogygius. Und von solchen sind beide Ufer voll. Nun frag' dich: Was ist vom Herrn zu erwarten, wenn stehlen und rauben die Knechte?[18] Drum zog ich diesen Umweg jener Abkürzung vor. Zudem, wie zur Unterwelt der Abstieg leicht ist, die Rückkehr dagegen äußerst schwierig, so ist an jener Küste die Landung sehr leicht, die Abfahrt aber sehr schwer. In London lagen eben einige Antwerpener Schiffsleute. Mit ihnen wollte ich mich dem Meere anvertrauen.

Menedemus. Hat jenes Land so zuverlässige Schiffer?

Ogygius. Wie ein Affe immer ein Affe ist, so sind Schiffsleute immer Schiffsleute. Aber im Vergleich zu jenen, die vom Raub zu leben gelernt haben, sind sie wahre Engel.

Menedemus. Ich will dran denken, wenn mich einmal die Lust anwandeln sollte, jene Insel zu besuchen. Doch kehre auf den Weg zurück, von dem ich dich abgelenkt habe.

Ogygius. Auf der Reise nach London, nicht weit von Canterbury, gelangten wir zu einem sehr engen, abschüssigen Hohlwege, der überdies nach beiden Seiten steile Dammböschungen aufweist, daß es kein Ausweichen gibt, und man kann die Straße auch nicht vermeiden. Zur Linken dieses Weges steht ein Armenhaus[19] mit einigen alten Männlein. Von diesen kommt einer hergerannt, sobald sie einen Reiter nahen hören; er besprengt dich mit Weihwasser und hält dann den Absatz eines Schuhes, der mit einem kupfernen Ring eingefaßt ist, hin; in ihm ist ein Glas in der Art eines Edelsteins. Hat man ihn geküßt, so gibt man ein Stück kleine Münze.

Menedemus. Auf einem solchen Wege will ich lieber ein Altmänner-Bettelheim antreffen, als eine Schar kräftiger Räuber.

Ogygius. Mir zur Linken ritt Gratianus, näher bei dem Bettler; er wurde mit Wasser besprengt, was er so ziemlich sich gefallen ließ. Als dann der Schuh hingehalten wurde, fragte er, was es damit solle. Da sagte der Mann, das sei der Schuh des heiligen Thomas. Mein Freund

---

18   Ein Hexameterzitat aus den Eklogen des Virgil.

19   Dieser alte Männerspittel von Harbledown steht noch heute, vgl. Stanley im oben angeführten Buch.

wurde hitzig, und zu mir sich wendend, sagte er: Wollen diese Bie-
ster, daß wir die Schuhe aller braven Männer küssen? Warum reichen
sie uns nicht mit demselben Eifer den Speichel und alle Leibesexkre-
mente zum Kusse? Mich jammerte des Greisen, und indem ich ihm
ein Stück Geld gab, tröstete ich ihn.

Menedemus. Nach meiner Ansicht wurde Gratianus nicht ohne Grund
wütend. Würden die Schuhe und Sandalen aufbewahrt als Zeichen
einfacher Lebensweise, so wollte ich es nicht tadeln; aber unverschämt
scheint es mir zu sein, Sandalen, Schuhe und Unterkleider einem
zum Küssen aufzudrängen. Wenn das jemand aus eigenem Antrieb
tut, aus einem ungeheuren Frömmigkeitstrieb, dann mag man's noch
verzeihen.

Ogygius. Es wäre (ich will nicht heucheln) besser, dergleichen würde
nicht geschehen; aber aus den Dingen, die nicht auf einen Schlag
verbessert werden können, pflege ich das herauszunehmen, was gut
ist. Inzwischen unterhielt meinen Geist die Betrachtung, daß ein
guter Mensch einem Schaf, ein schlechter einem schädlichen Tier
ähnlich ist. Wenn die Viper tot ist, kann sie zwar nicht mehr beißen,
aber mit ihrem Geruch und ihrem Saft kann sie ansteckend wirken;
das Schaf nährt uns lebend mit seiner Milch, kleidet uns mit seiner
Wolle, macht uns durch seinen Nachwuchs reich, und tot liefert es
nützliches Leder und ist ganz eßbar. So steht es auch mit grausamen,
wilden Männern, die dieser Welt ergeben sind: allen sind sie bei
Lebzeiten ein Ärgernis, und im Tod fallen sie durch den Lärm des
Glockengeläutes und das ehrgeizige Leichenbegängnis den Lebenden
lästig, bisweilen auch durch die Einführungsfeierlichkeiten ihrer
Nachfolger, was gleichbedeutend ist mit neuen Abgaben. Die Braven
aber erweisen sich in jedem Sinn allen nützlich. So hat dieser Heilige,
so lange er lebte, durch Beispiel, Lehre, Mahnungen zur Frömmigkeit
ermuntert, die Gedrückten getröstet, den Armen geholfen, und von
dem Toten geht fast ein noch größerer Nutzen aus. Er hat diese
hochbegüterte Kirche errichtet und durch ganz England hin der
Priesterschaft sehr viel Ansehen verschafft. Schließlich ernährt ein
Fragment seines Schuhes diesen Armeleute-Konvent.

Menedemus. Das ist gewiß eine fromme Betrachtung, nur wundre ich
mich, daß du, da du dieses Sinnes bist, niemals die Höhle des Heiligen Patrick besucht hast, von der im Volk Wundermären umgehen,
die mir nicht sehr wahrscheinlich vorkommen.

Ogygius. Ja, keine Erzählung kann so wunderbar sein, daß die Wirklichkeit sie nicht übertrifft.

Menedemus. So bist du denn auch dort eingedrungen?

Ogygius. Freilich, ich habe dieses wahrhaft stygische Gewässer befahren, bin in den Schlund der Unterwelt hinabgestiegen, ich sah, wie es bei den Unterirdischen zugeht.

Menedemus. Du würdest mich glücklich machen, wenn's dir nicht zu beschwerlich fiele, es mir zu berichten.

Ogygius. Lassen wir es bei diesem Anfang unseres Gespräches bewenden, er ist, wie mir vorkommt, ohnehin ausgedehnt genug. Ich geh' jetzt nach Haus, um mir das Nachtessen rüsten zu lassen, denn ich habe noch nicht zu Mittag gespeist.

Menedemus. Warum das? Aus Frömmigkeit?

Ogygius. Keineswegs, sondern aus Unwillen.

Menedemus. Bist du über deinen Bauch unwillig?

Ogygius. Nein, aber über die räuberischen Wirte, die, obschon sie nicht vorsetzen wollen, was billig ist, sich doch nicht scheuen, von den Fremden zu fordern, was unbillig ist. An ihnen pflege ich mich so zu rächen. Wenn mir ein gutes Nachtessen in Aussicht steht bei einem Bekannten oder bei einem etwas weniger schmutzigen Gastwirt, so streikt mein Magen beim Mittagsbrot. Schafft mir aber ein glücklicher Zufall ein Mittagessen nach meinem Geschmack, so beginnt mich beim Abendessen der Magen zu schmerzen.

Menedemus. Schämst du dich nicht, knauserig und geizig zu erscheinen?

Ogygius. Menedemus, glaube mir, wer sich in solchen Dingen mit Schämen verköstigt, der macht eine schlechte Anlage. Ich habe gelernt, das Schämen für andere Dinge zu reservieren.

Menedemus. Jetzt brenne ich nach dem Rest deiner Erzählung; erwarte mich deshalb als deinen Gast beim Nachtessen, da kannst du mir bequemer erzählen.

Ogygius. Ich danke dir, daß du dich aus freien Stucken zu Gast bittest, während andere trotz dringlicher Einladung ablehnen; aber dieser Dank wird dir verdoppelt werden, wenn du heute zu Hause speisest. Denn diese Zeit will ich dazu verwenden, meine Familie zu grüßen. Übrigens habe ich einen Plan, der für uns beide noch bequemer ist. Richte mir und meiner Frau morgen bei dir ein Mittagessen, dann können die Erzählungen bis zum Abendessen fortgesponnen werden, bis du dann gestehst, jetzt habest du genug; und wenn du willst, werden wir dich auch beim Nachtessen nicht im Stiche lassen. Warum kratzest du dich am Kopf? Rüste nur, wir werden sicherlich kommen.

Menedemus. Ich ziehe die ungekauften Erzählungen vor. Doch wohlan, du sollst dein Mittagessen haben, aber ein unschmackhaftes, wenn du es nicht mit guten Erzählungen würzest.

Ogygius. Aber du, juckt es dich nicht auch, solche Wallfahrten zu machen?

Menedemus. Mag sein, daß das Jucken noch kommt, wenn du alles erzählt hast; wie ich jetzt gestimmt bin, genügt es mir, die römischen Runden zu machen.

Ogygius. Römische, da du doch Rom niemals gesehen hast?

Menedemus. Ich meine so: ich gehe zu Hause herum, ich betrete das Zimmer und sorge, daß die Keuschheit meiner Töchter heil bleibe, dann geht's wieder in die Werkstatt; ich sehe, was die Knechte und Mägde machen; hierauf in die Küche, um nachzusehen, ob es irgend etwas zu ermahnen gibt, dann von hier dahin und dorthin, um zu beobachten, was Frau und Kinder treiben, stets bedacht, daß alles seine Pflicht tue. Das sind meine römischen Runden.

Ogygius. Gerade das würde für dich der heilige Jakobus besorgen.

Menedemus. Die heilige Schrift befiehlt, daß ich selbst für diese Dinge besorgt sei; daß ich sie den Heiligen überlassen solle, dieses Gebot hab' ich nirgends gelesen.

Der Frauensenat

Senatulus sive Γυναικοσυνέδριο

Cornelia · Margareta · Perotta · Julia · Catharina

Cornelia. Segen und Glück mög' es für diese Vereinigung und für die ganze Republik der Frauen bedeuten, daß ihr so zahlreich und eifrig heute euch eingestellt habt. Ich schöpfe daraus die Hoffnung, daß ein gütiger Gott einer jeden das eingeben werde, was zur Würde und zum Nutzen von uns allen dient. Ihr alle wißt, wie ich annehme, welche Einbuße wir dadurch erlitten haben, daß wir, während die Männer in täglichen Zusammenkünften ihre Angelegenheiten behandeln, bei Spinnrocken und Webstuhl sitzend unsere Sache im Stiche lassen. So ist es dahin gekommen, daß zwischen uns kein Band der Disziplin besteht und die Männer uns sozusagen als ihr Amüsement betrachten und uns kaum des Namens Mensch für würdig erachten. Fahren wir so weiter, so erratet ihr wohl selbst, wohin die Sache schließlich führen wird; ich scheue mich, Worte von so schlimmer Vorbedeutung auszusprechen. Lassen wir unsere Ehre beiseite, aber für unsere Erhaltung wenigstens müssen wir Sorge tragen. Jener weiseste aller Könige hat geschrieben: »Wo viele Ratgeber sind, da gehet es wohl zu«[20]. Die Bischöfe haben ihre Synoden, die Scharen der Mönche haben ihre Kapitel, die Soldaten ihre Versammlungen, auch die Diebe haben ihre Konventikel, und schließlich hält auch das Geschlecht der Ameisen seine Zusammenkünfte ab. Einzig und allein unter allen Lebewesen gehen wir Weiber keine Verbindung ein.

Margareta. Mehr als sich schickt[21].

Cornelia. Die Zeit zu Einreden ist noch nicht da, laßt mich zunächst zu Ende sprechen; die einzelnen werden dann schon noch zum Wort gelangen. Was wir tun, ist nichts Neues; wir rufen nur ein altes Beispiel wieder ins Leben. Irre ich nicht, so hat vor beiläufig dreizehnhundert Jahren der hochlöbliche Kaiser Heliogabal …

20   In den Sprüchen Salomonis 11, 14.

21   Das Verbum coire gestattet diese aristophanische Zweideutigkeit.

Perotta. Der hochlöblich, von dem feststeht, daß er am Haken ge-schleppt und in die Kloake geworfen worden ist!

Cornelia. Schon wieder werde ich unterbrochen. Wenn wir deswegen einen Menschen loben oder tadeln wollen, so können wir auch Christum schmähen, weil er ans Kreuz geheftet worden ist, dagegen den Domitius einen frommen Mann nennen, weil er zu Hause ver-storben ist. Und doch wird dem Heliogabal nichts Ärgeres vorgewor-fen, als daß er das von den Vestalinnen behütete Feuer zu Boden warf und daß er in seiner Hauskapelle die Bilder von Moses und Christus aufgestellt hatte. Dieser Heliogabal nun verfügte, daß, wie der Kaiser mit den Seinen einen Senat hatte, worin er über die allge-meinen Angelegenheiten beriet, so auch seine erlauchte kaiserliche Mutter ihren Senat haben sollte, in dem über die Angelegenheiten des weiblichen Geschlechts verhandelt würde; die Männer nannten ihn zum Unterschied vom anderen und zum Spott das Senätlein. Dieses so viele Jahrhundert hindurch unterbrochene Beispiel hätten wir längst schon erneuern sollen. Und keine mag es aufregen, daß der Apostel Paulus der Frau das Sprechen in der Versammlung verboten hat, die er Kirche nennt: er spricht von der Versammlung von Männern; hier dagegen handelt es sich um eine Versammlung von Frauen. Übrigens, wenn die Frauen immer schweigen sollten, wozu hat uns denn die Natur Zungen gegeben, die an Geläufigkeit denen der Männer keineswegs nachstehen, und wozu eine ebenso sonore Stimme? Freilich tönt die Stimme der Männer rauher und erinnert mehr an Esel als unsere. Dafür aber müssen wir alle sorgen, daß wir mit Ernsthaftigkeit unsere Sache behandeln, damit die Männer nicht wieder von einem Senätlein sprechen können oder gar noch einen schimpflicheren Nebennamen aushecken, spottsüchtig wie sie gegen uns nun einmal sind. Dürfte man freilich ihre Ver-sammlungen der Wahrheit nach einschätzen, so würden sie uns noch mehr als weibisch erscheinen. So sehen wir die Monarchen schon seit so vielen Jahren nichts tun als Krieg führen; zwischen den Theologen, den Priestern, den Bischöfen und dem Volk gibt es keine Eintracht: soviel Köpfe, soviel Meinungen. Mehr als weibliche Unbe-ständigkeit wohnt in ihnen. Stadt steht gegen Stadt, Nachbar gegen Nachbar. Wären uns die Zügel der Regierung anvertraut, die menschlichen Angelegenheiten würden sich – ich müßte mich denn sehr täuschen – weit erträglicher gestalten. Vielleicht schickt es sich für eine Frau nicht, so viele hochstehende Männer der Torheit zu bezichtigen, aber ich meine, es sei gestattet, das zu zitieren, was Salomon im 13. Kapitel schreibt: »Unter den Stolzen ist immer Hader; aber Weisheit ist bei denen, die sich raten lassen.« Aber um euch nicht länger mit meiner Einleitung hinzuhalten, so wird an erster Stelle zu beraten sein, welche Frauen der Versammlung beiwohnen sollen und welche zu entfernen sind. Denn ist die Schar zu groß, so entsteht leichter Verwirrung als Beratung; während andererseits eine Tagung bloß Weniger etwas Tyrannisches an sich hat. Ich für meine Person bin der Meinung, es sei keine Jungfrau aufzunehmen, weil doch vieles vorkommt, was sich für ihre Ohren nicht schickt.

Julia. Woran soll man die Jungfrauen erkennen? Sollen einfach die als Jungfrauen angesehen werden, welche einen Kranz tragen?

Cornelia. Nein. Aber ich bin der Ansicht, man solle nur verheiratete Frauen zulassen.

Julia. Auch unter den Verheirateten gibt es Jungfrauen, wenn sie eunuchenhafte Männer haben.

Cornelia. Doch soll der Ehe diese Ehre erwiesen werden, daß die Verheirateten für Frauen angesehen werden.

Julia. Wenn wir aber einzig und allein die Jungfrauen ausschließen, so wird die Menge der Aufzunehmenden noch ungeheuer groß und die Zahl nur wenig vermindert sein.

Cornelia. Auch diejenigen, welche mehr als dreimal verheiratet sind, sollen ausgeschlossen werden.

Julia. Weshalb das?

Cornelia. Weil man ihnen als ausgedienten Soldaten den Abschied schuldet. Dasselbe schlage ich vor für die über siebzig Jahre alten. Festzusetzen ist auch, daß keine Frau von ihrem Manne persönlich allzu ungeniert spricht; man mag dies mehr allgemein tun, aber mit der gebotenen Mäßigung und ohne Übertreibung.

Catharina. Warum soll uns nicht gestattet sein, hier freimütig über die Männer zu sprechen, da diese doch beständig über uns sprechen? Wenn mein Titius einmal am Tisch lustig zu sein sich bemüht, so erzählt er, was er mit mir des Nachts getrieben hat und was ich gesagt habe, und nicht selten übertreibt er tüchtig.

Cornelia. Wenn wir der Wahrheit die Ehre geben wollen, so hängt unsere Würde von den Männern ab; stellen wir sie bloß, was tun wir dann anderes als uns selbst entehren? Wenn wir aber auch nicht geringe Gründe zu gerechter Klage haben, so ist doch, wenn man alles ins Auge faßt, unsere Lage der ihrigen vorzuziehen. Während sie, um ein Vermögen zu gewinnen, durch alle Länder und Meere ziehen, oft mit Lebensgefahr, und bei Krieg, wenn die Trompete mahnt, eisengerüstet in der Schlachtreihe stehen, sitzen wir sicher zu Hause. Vergehen sie sich in etwas gegen die Gesetze, so wird das schwerer an ihnen geahndet; unser Geschlecht schont man. Schließlich liegt es großenteils an uns, ob wir angenehme Ehemänner haben. – Es erübrigt noch, über die Sitzordnung zu beschließen, damit uns nicht begegne, was bei den Gesandten der Könige, Fürsten und Päpste häufig vorkommt, die bei Versammlungen drei volle Monate hin und her streiten, bevor sie Sitzung halten können. Ich bin also der Meinung, der erste Platz gebühre den Adligen, und unter diesen wieder sollen die den Vortritt haben, welche vier Quartiere, dann die drei, die zwei, die eins und schließlich die ein halbes aufzuweisen haben[22]. In den einzelnen Abteilungen würde der Platz nach der Anciennität angewiesen. Bastardinnen sollen auf ihrer jeweiligen Ranglinie den letzten Platz einnehmen. In der zweiten Abteilung der Versammlung würden die bürgerlichen Frauen sitzen. Die ersten Plätze fallen hier denen zu, die die meisten Kinder zur Welt gebracht haben. Bei gleicher Zahl entscheidet das Alter. Endlich die dritte Abteilung würde aus denen bestehen, die noch nicht geboren haben.

Catharina. Wohin tust du denn die Witwen?

Cornelia. Das hast du richtig bemerkt. Sie werden ihren Platz in der Mitte der Mütter erhalten, vorausgesetzt, daß sie Kinder haben oder gehabt haben; die Unfruchtbaren aber werden den letzten Platz einnehmen.

Julia. Welchen Platz weisest du den Frauen der Priester und Mönche an?

Cornelia. Darüber wollen wir in der nächsten Sitzung beraten.

Julia. Und welchen den Weibern, die ihren Leib zu Markte tragen?

Cornelia. Wir werden nicht dulden, daß unser Senat durch die Berührung mit solchen sich verunreinige.

Julia. Und wie hältst du's mit den Konkubinen?

Cornelia. Da es deren verschiedene Arten gibt, muß über sie mit Muße verhandelt werden. Beizufügen ist noch, wie die Senatsbeschlüsse

22   Auf der Ahnentafel.

zustande kommen sollen: ob durch Punkte[23] oder durch Steinchen, oder durch laute Stimmabgabe, oder durch aufgehobene Finger, oder durch Abtreten auf die eine oder andere Seite.

Catharina. Bei den Steinchen wie beim Punktieren kommt oft Betrug vor; soll man durch Abtreten seine Meinung kundtun, so werden wir, da wir Schleppkleider tragen, zu viel Staub aufwirbeln. Das beste scheint mir daher, wenn jede mit der Stimme ihre Ansicht kundtut.

Cornelia. Schwierigkeiten bereitet aber das Zählen der Stimmen. Man muß sich auch davor hüten, daß nicht aus der Stimmabgabe ein Stimmengewirr werde.

Catharina. Es soll nichts ohne Schreiber vorgenommen werden, damit jede Auslassung vermieden werde.

Cornelia. So wäre denn wegen des Zählens Rat geschafft; wie aber soll man den Stimmentumult fernhalten?

Catharina. Es soll keine sprechen, ohne aufgefordert zu sein, und außerhalb der Reihenfolge. Wer es anders halten wird, soll aus dem Senat ausgeschaltet werden. Wenn sodann eine etwas von dem, was hier verhandelt wird, ausschwatzt, soll sie zu dreitägigem Stillschweigen verurteilt werden.

Cornelia. Soviel über die Art der Verhandlung. Vernehmet nun, worüber zu beraten sein wird. In erster Linie müssen wir auf die Beobachtung unserer Würde bedacht sein; diese beruht hauptsächlich in der Kleidung. Das wird derart mißachtet, daß heutzutage kein Mensch mehr zwischen einer adligen und einer bürgerlichen Frau unterscheiden kann, oder zwischen einer Verheirateten und einer Jungfrau oder Witwe, zwischen einer ehrbaren und einer unehrbaren Frau. So sehr ist alle Scham geschwunden, daß sich eine jede alles anmaßt, was ihr nur beliebt. Wir sehen mehr als plebejische, ja Frauen von geradezu schmutziger Herkunft in Kleidern aus moirierter, geblümter, gestreifter Seide, aus Battist, aus Gold- und Silberstoffen, mit Zobel- und Hermelinpelzen, während unterdessen der Mann zu Hause Schuhe flickt. Die Finger stecken voll von Smaragden und Diamanten; denn die Perlen werden heutzutage allgemein gering geschätzt. Von dem Bernstein- und Korallenschmuck und den vergoldeten Schuhen

---

23 Die Punkte, die bei den Wahlen in den Komitien jeweilen auf der Wachstafel mit den Namen der Kandidaten gemacht wurden, um zu markieren, wie oft der Name auf den Stimmtäfelchen vorkam.

will ich gar nicht erst reden. Den weniger Bemittelten genügte es früher, zu Ehren ihres Geschlechts seidene Gürtel zu tragen und die Säume der Kleider mit einer seidenen Bordüre zu schmücken. Jetzt ist das Übel ein doppeltes: einmal wird Hab' und Gut durch diesen Luxus geschwächt, zum anderen wird die gesellschaftliche Ordnung, welche die Wahrerin unserer Würde ist, über den Haufen geworfen. Wenn die Bürgersweiber in Kutschen und in Sänften, die mit Elfenbein eingelegt und mit feinem Tuche ausgeschlagen sind, sich sehen lassen, was bleibt dann noch für die Adligen und Vornehmen übrig? Und wenn eine, die eben erst einem Ritter angetraut wurde, eine Schleppe von fünfzehn Ellen nach sich zieht, was soll dann erst die Frau eines Herzogs oder Grafen machen? Und die Sache wird um so unerträglicher durch die erstaunliche Verwegenheit im beständigen Wechsel der Kleidermode. Einst trugen die vornehmen Frauen zum Unterschied von den bürgerlichen flügelartige weiße Tücher am Kopf. Ferner wählten sie dann, um die Verwechslung zu vermeiden, Hüte, die außen weiße, schwarz getigerte Felle zeigten. Sofort bemächtigte sich ihrer auch das gemeine Volk. Indem sie wiederum die Mode wechselten, trugen sie Hauben aus schwarzer Crepe. Die Frauen aus dem Volk wagten nicht nur dies nachzumachen, sondern sie fügten goldene Fransen und zuletzt noch Edelsteine hinzu. Einst war es das Vorrecht der Adligen, die Härchen an Stirn und Schläfen zu entfernen und die übrigen Haare auf dem Scheitel anzuordnen. Das ging nicht lange; bald ahmte es eine jede nach. Dann ließen sie die Haare auf die Stirn herabfallen; sofort machten auch das die Frauen aus dem Volke nach. Einzig die vornehmen Damen hatten einst Diener zur Seite und als Vorläufer, und unter diesen war ein Page, der der Dame die Hand reichte, wenn sie sich erheben wollte, und der mit seinem rechten Arm die Linke der Gehenden stützte. Diese Ehre war einem Sohn aus guter Familie vorbehalten. Jetzt tun das durch die Bank die Bürgersfrauen und nehmen einen jeden an für dieses Amt, wie auch zum Nachtragen der Schleppe. Ebenso begrüßten sich früher einzig die Adligen mit einem Kuß, und nicht einen jeden Mann ließen sie zum Kuß zu, ja nicht einmal ihre Rechte streckten sie jedem beliebigen entgegen. Jetzt eilen Männer, die nach Leder riechen, herbei, um eine Frau zu küssen, welche von echtestem Adel ist. Auch bei den Ehen wird auf Stand und Würde keinerlei Rücksicht mehr genommen. Patrizier heiraten Bürgerliche und umgekehrt. So entsteht ein Bastardnachwuchs. Keine Frau ist aus so niedrigem Stande, daß sie es nicht wagt, alle Färbmittel der Vornehmen anzuwenden, obschon die bürgerlichen Weiber sich genügen lassen könnten an der Hefe des jungen Biers oder dem frischen Rindensaft oder sonst einem billig zu beschaffenden Mittel, wie die rote Schminke, das Bleiweiß, das Spießglas für das Augenschwärzen; die sonstigen feinen Farben aber hätte man den vornehmen Frauen lassen sollen. Und dann bei Gastmählern und bei Spaziergängen in der Öffentlichkeit, wie hat da alle Ordnung aufgehört! Häufig kommt's vor, daß eine Kaufmannsfrau nicht geruht, einer von beiden Eltern her adligen Frau auszuweichen. Schon längst mahnten daher diese Verhältnisse, daß etwas Bestimmtes in diesen Dingen festgestellt würde. Und das könnte leicht unter uns vereinbart werden, geht es doch einzig und allein das weibliche Geschlecht an. Wir haben freilich auch einige Punkte mit den Männern in Ordnung zu bringen, die uns von jeder Ehrenstelle entfernen und uns nur für Wäscherinnen und Köchinnen halten und alle Angelegenheiten völlig nach ihrem Kopf besorgen. Wir wollen ihnen die Magistratsstellen und die militärischen Dinge überlassen. Soll man aber dulden, daß auf dem Schild das Wappen der Frau immer auf der linken Seite sich befindet, selbst wenn sie um drei Quartiere den Adel ihres Mannes übertrifft? Sodann ist es nur billig, daß bei der Ausstattung der Kinder die Mutter auch ihre Stimme abgebe. Vielleicht werden wir auch dahin gelangen, daß wir abwechselnd öffentliche Ämter versehen, nämlich die, welche innerhalb der Mauern und ohne Waffen besorgt werden können. Das ist in der Hauptsache das, worüber es mir der Mühe wert scheint zu beraten. Bei sich mag nun eine jede diese Dinge überlegen, damit dann aus den einzelnen Materien Senatsbeschlüsse erwachsen. Wenn einer unter euch sonst noch etwas in den Sinn kommt, so mag sie dies morgen vorlegen. Wir kommen nämlich jeden Tag zusammen, bis wir unseren Kongreß zu Ende geführt haben. Vier Schreiberinnen sollen zugezogen werden, die notieren, was gesagt wird. Überdies zwei Quästorinnen, die das Wort erteilen oder entziehen sollen. Damit schließe ich unsere Eröffnungssitzung.

Zwei Tote

Funus

Marcolphus · Phaedrus

Marcolphus. Woher kommst denn du, Phaedrus? Doch nicht aus der Höhle des Trophonius?[24]

Phaedrus. Warum fragst du so? Marcolphus. Weil du ganz ungewohnt düster und ungepflegt und graus dreinsiehst, wie es gar nicht zu deinem Namen stimmt[25].

Phaedrus. Wer längere Zeit in einer Schmiede verkehrt, der holt sich stets einige Schwärze; was Wunder, wenn ich, der ich viele Tage bei zwei Kranken und Sterbenden und Begrabenen zugebracht habe, trauriger als gewöhnlich bin; namentlich da die beiden mir sehr lieb waren.

Marcolphus. Von was für Toten sprichst du?

Phaedrus. Du hast den Georg Balearicus gekannt?

Marcolphus. Dem Namen nach, persönlich nicht.

Phaedrus. Von dem andern weiß ich, daß er dir völlig unbekannt ist. Es ist Cornelius Montius, mit dem ich seit vielen Jahren aufs engste verbunden war.

Marcolphus. Ich bin noch nie bei einem Sterbenden zugegen gewesen.

Phaedrus. Ich öfter, als ich gewollt hätte.

Marcolphus. Ist nun aber der Tod wirklich etwas so Furchtbares, wie man gemeinhin sagt?

Phaedrus. Der Weg zum Tode ist härter als der Tod selbst. Wer diese Furcht vor dem Tode und diese Vorstellung des Sterbens aus dem Sinn vertreiben könnte, der würde sich ein gut Teil Leiden ersparen. In Kürze läßt sich sagen: was in Krankheit wie im Sterben das Kreuz weit erträglicher macht, das ist, wenn man sich ganz dem Willen Gottes überläßt. Denn was das eigentliche Gefühl von dem Tode

---

24 Wir sind dieser Frage schon im Eingang des Dialogs von der unnatürlichen Ehe begegnet. Von der unheimlichen Orakelhöhle in Böotien ist bei Cicero wiederholt die Rede.

25 Das griechische Adjektiv phaidrós bedeutet: strahlend, glänzend.

selbst anbetrifft, wenn der Geist bereits sich vom Körper gelöst hat, so bedeutet das meiner Meinung nach gar nichts oder ist doch nur eine sehr dumpfe Empfindung, weil die Natur, bevor es so weit gekommen ist, alle sensiblen Teile betäubt und stumpf macht.

Marcolphus. Bei der Geburt spüren wir gar nichts. Phaedrus. Wohl aber spürt es die Mutter.

Marcolphus. Warum sterben wir nun nicht ebenso? Warum wollte Gott, daß der Tod so qualvoll sei?

Phaedrus. Die Geburt wollte er schwer und gefährlich für die Mutter, damit sie das, was sie geboren hat, um so lieber habe; der Tod aber sollte für jeden furchtbar sein, damit die Menschen sich nicht so ohne weiteres selbst den Tod geben möchten. Denn wenn wir schon heute sehen, wie viele Hand an sich selber legen, was meinst du, würde erst dann geschehen, wenn der Tod keinen Schrecken hätte? So oft ein Knecht oder auch ein junger Sohn Hiebe bekäme, so oft eine Frau sich über ihren Mann ärgerte, so oft irgend etwas schief ginge oder uns schwer fiele, gleich würden die Menschen zum Strick, zum Schwert, zu einem Fluß oder Abgrund oder zum Gift ihre Zuflucht nehmen. So wie es jetzt ist, macht die Bitterkeit des Todes uns das Leben lieber, besonders da die Ärzte dem einmal aus dem Leben Geschiedenen nicht mehr auf die Beine helfen können. Und doch, wie nicht allen bei ihrer Geburt dasselbe Los zufällt, so ist auch die Art des Todes nicht bei allen dieselbe. Einige befreit ein rascher Tod auf der Stelle, andere siechen in einem langen Sterben dahin. Die von der Schlafsucht Befallenen wie auch die von einer Viper Gebissenen gehen aus dem Schlaf in den Tod ein, ohne daß sie ein Bewußtsein davon haben. Das eine habe ich beobachtet: keine Todesart ist so bitter, daß sie nicht derjenige ertragen könnte, welcher mit gefestigtem Geiste seinem Ende entgegensieht.

Marcolphus. Welcher von den zwei Männern starb christlicher?

Phaedrus. Georg starb mit mehr Ehren. Marcolphus. Hat denn auch der Tod seinen Ehrgeiz?

Phaedrus. Ich sah noch nie zweie so verschieden sterben. Wenn du's hören magst, will ich dir das Abscheiden beider erzählen. Du magst dann selbst urteilen, welcher Tod dir für einen Christenmenschen wünschenswerter scheint.

Marcolphus. Bitte, erzähl', wenn dir's nicht zu beschwerlich fällt. Ich für meine Person werde aufmerksam zuhören.

Phaedrus. So vernimm denn zuerst Georgs Ableben. Als ihn der Tod schon sicher gekennzeichnet hatte, fing die Schar der Ärzte, die schon lange an dem Kranken herumkuriert hatten, an, ihre Bezahlung zu fordern; daß sein Zustand verzweifelt sei, verheimlichten sie ihm.

Marcolphus. Wieviel Ärzte waren's?

Phaedrus. Etwa zehn, zuweilen sogar zwölf, mindestens aber sechse.

Marcolphus. Das hätte genügt, um einen Gesunden zu töten.

Phaedrus. Nachdem ihnen das Geld ausbezahlt worden war, bedeuteten sie die nächsten Angehörigen des Kranken, der Tod stehe vor der Tür, sie sollten also für das sorgen, was zum Heil der Seele vonnöten ist; auf eine Heilung des Leibes sei nicht mehr zu hoffen. Durch intime Freunde wurde dann auch der Kranke freundlich gemahnt, er solle die Sorge für seinen Körper Gott anvertrauen und nur an das denken, was zu einem glückseligen Ableben diene. Wie er das hörte, richtete Georg seine Augen mit erstaunlichem Ingrimm auf die Ärzte, als sei er entrüstet darüber, daß sie ihn im Stiche ließen. Da meinten sie, sie seien Ärzte, keine Götter; was hier Kunst vermöge, hätten sie getan, im übrigen gebe es keine Medizin gegen den Schicksalsschluß. Worauf sie in ein anliegendes Zimmer weggingen.

Marcolphus. Wozu blieben sie noch da, nachdem sie doch ihr Geld eingestrichen hatten?

Phaedrus. Sie hatten sich nicht einigen können über die Art der Krankheit; einer sprach von Wassersucht, ein andrer von einem geschwollenen Leib, ein dritter von einem Geschwür im Unterleib, und so ein jeder von einer anderen Krankheit; die ganze Zeit über, da sie den Kranken behandelten, stritten sie sich heftig über die Art der Krankheit.

Marcolphus. Welch ein glücklicher Zustand für den Kranken!

Phaedrus. Um diesen Streit endlich zu beendigen, baten sie durch Vermittlung der Frau, man möchte sie die Leiche sezieren lassen; das sei eine ehrenvolle Sache und pflege ehrenhalber bei großen Herren vorgenommen zu werden; zudem sei dies für viele von Nutzen und werde so zu den Verdiensten des Toten gerechnet werden. Schließlich versprachen sie, sie wollten auf eigene Kosten dreißig Messen zugunsten des Toten lesen lassen. Nur ungern wurde schließlich auf die Zureden der Frau und der Verwandten hin diese Bitte gewährt. Daraufhin verzog sich die Versammlung der Ärzte. Sie sagen nämlich, es schicke sich nicht, daß diejenigen, die dem

Leben ihre Hilfe angedeihen lassen, beim Tode als Zuschauer zugegen seien oder der Beerdigung beiwohnen. Bald darauf wurde dann Bernardinus, der ehrwürdige Franziskanerobere, den du kennst, geholt, damit er die Beichte abnehme. Kaum war diese vorüber, so war schon ein Schwarm von den vier Bettelorden im Hause.

Marcolphus. So viele Geier auf ein Aas?

Phaedrus. Hierauf wurde der Pfarrgeistliche gerufen, der den Kranken salben und ihm die Hostie reichen sollte.

Marcolphus. So ist's frommer Brauch.

Phaedrus. Aber es hätte nicht viel gefehlt, so wäre zwischen dem Pfarrer und den Mönchen ein blutiger Streit entstanden.

Marcolphus. Am Bett des Kranken?

Phaedrus. Ja und angesichts Christi.

Marcolphus. Was erregte denn auf einmal diesen Tumult?

Phaedrus. Als der Pfarrherr erfahren hatte, der Kranke habe einem Franziskaner gebeichtet, weigerte er sich, das Sakrament der Ölung und der Eucharistie zu erteilen oder die Beerdigung vorzunehmen, wenn er nicht erst mit eigenen Ohren die Beichte des Kranken gehört habe; er sei der Pfarrherr und müsse Gott für sein Schäflein Rechenschaft ablegen; das könne er aber nicht, wenn er die Geheimnisse des Gewissens nicht erfahren habe.

Marcolphus. Hatte er darin nicht recht?

Phaedrus. Den Mönchen schien das nicht so. Denn energisch erhoben alle Widerspruch, besonders Bernardinus und der Dominikaner Vincentius.

Marcolphus. Was brachten sie vor?

Phaedrus. Sie gingen mit scharfen Schmähungen auf den Pfarrer los, wobei sie ihn wiederholt Esel schalten und würdig, Schweine zu hüten. Ich, sagte Vincenz, bin Baccalaureus der Theologie, bald Lizentiat und sogar Doktor, du kannst kaum das Evangelium lesen, geschweige denn, daß du die Geheimnisse des Gewissens zu ergründen imstande bist. Wenn du neugierig sein willst, so forsch' einmal nach, was dein Weib und deine im Inzest geborenen Kinder bei dir zu Hause machen, und wie es mit andern Dingen steht, von denen ich mich zu reden schäme.

Marcolphus. Was antwortete der Pfarrer darauf? Blieb er stumm?

Phaedrus. Stumm? Er glich einer am Flügel gepackten Zikade: ich will, zirpte er laut, aus Bohnenstroh bessere Baccalaurei machen als du einer bist. Wo haben die Gründer und Häupter eurer Orden, Dominikus und Franz, die aristotelische Philosophie gelernt oder die Beweisführungen des Thomas[26] oder die Spekulationen des Scotus? oder wo sind sie mit dem Baccalaureustitel beschenkt worden? Ihr habt euch in die noch gutgläubige Welt eingeschlichen, aber nur wenige als Demütige, einige auch als gelehrte und fromme Männer; ihr nistetet euch auf dem Land und in den Flecken ein, dann wandertet ihr in die reichsten Städte und in den blühendsten Teil der Städte aus. So viele ländliche Ortschaften gibt's, die nicht imstande sind, einen Pfarrer zu ernähren; dort war für eure Arbeit der Platz; aber jetzt seid ihr nirgends zu treffen außer in reichen Häusern. Ihr prahlt mit den Namen der Päpste; aber eure Privilegien sind wertlos, außer wenn es an einem Bischof, einem Pfarrer oder dessen Vikar irgendwo mangelt. In meiner Kirche wird, solange ich gesund bin, keiner von euch predigen. Ja, ich bin kein Baccalaureus; auch der heilige Martin war keiner und führte doch den Bischofstitel. Wenn mir etwas von Bildung fehlt, so werde ich es mir gewiß bei euch nicht holen. Oder glaubt ihr, die Welt sei noch so dumm, daß sie beim Anblick einer Kutte des Dominikus oder Franziskus meint, das seien nun jene heiligen Männer selbst? Was geht euch an, was ich zu Hause treibe? Was ihr in euern Schlupfwinkeln treibt, wie ihr die geweihten Jungfrauen vornehmt, das weiß auch das Volk. Und alle Welt weiß, daß die Häuser der Reichen, die ihr frequentiert, deshalb um keinen Deut glücklicher oder reiner sind. – Mehr will ich, Freund Marcolph, nicht erzählen; kurz, der Pfarrer hat jene ehrwürdigen Patres so unehrerbietig als möglich behandelt. Und die Sache wäre nicht zu Ende gediehen, wenn nicht Georg mit der Hand sie bedeutet hätte, er wolle etwas sagen. Nur mit Mühe erreichte er, daß der Streit für ein Weilchen still wurde. Dann sprach der Kranke: Friede sei zwischen euch! Ich will dem Pfarrer zum zweitenmal beichten. Ferner soll ihm für das Läuten der Glocken, für den Kenotaph, für die Beerdigung das Geld ausbezahlt werden, bevor er aus dem Hause geht; ich will nicht, daß er sich in irgend etwas über mich beschweren könne.

Marcolphus. Wies der Pfarrer so billige Bedingungen zurück?

26 Von Aquino. Natürlich ein Ignoranteneinwand, da Thomas ein Dominikaner wie Duns Scotus ein Franziskaner war.

Phaedrus. Nein; er murmelte nur etwas wegen der Beichte, die er dem Kranken erlasse. Wozu, meinte er, durch eine Wiederholung den Kranken wie den Priester plagen? Hätte er mir beizeiten gebeichtet, vielleicht würde er dann sein Testament frömmer gemacht haben; jetzt sehet ihr zu! Das billige Vorgehen des Kranken kam den Mönchen krumm, sie waren erbost darüber, daß ein Teil der Beute für den Pfarrer abfallen sollte. Ich trat jedoch dazwischen und sorgte dafür, daß der Streit sich legte. Der Pfarrer salbte dann den Kranken, reichte ihm den Leib des Herrn und ging von dannen, nachdem ihm die Summe ausbezahlt war.

Marcolphus. So folgte denn jetzt auf den Sturm die Ruhe?

Phaedrus. Im Gegenteil: diesem Sturm folgte ein noch viel heftigerer auf dem Fuß.

Marcolphus. Aus was für einem Grunde?

Phaedrus. Das sollst du jetzt hören. Im Hause waren die vier Bettelorden zusammengeströmt; ihnen gesellten sich als fünfter die Brüder vom Kreuze bei. Gegen diese nun, gleichsam als gegen einen Wechselbalg, erhoben sich die vier andern mit großem Lärm und fragten sie, ob sie denn auch jemals einen Wagen mit fünf Rädern gesehen hätten? und mit welcher Stirn sie zu behaupten wagten, daß es mehr Bettelorden gebe als Evangelisten? Mit demselben Rechte könntet ihr alle Bettler von den Brücken und Kreuzwegen hierher bringen. Die Brüder vom Kreuze taten die Gegenfrage, wie denn seinerzeit der Wagen der Kirche sich fortbewegt habe, als es noch keinen einzigen Bettelorden gab, und wie dann, als ihrer nur einer und später deren drei waren. Mit der Zahl der Evangelisten habe die Zahl der Bettelorden nicht mehr Verwandtschaft als mit einem Würfel, der auf allen Seiten vier Ecken habe. Wer habe denn die Augustiner dem Orden der Bettelmönche angegliedert und wer die Karmeliter? Hat denn Augustinus oder Elias – denn diese zwei machen die genannten Orden zu ihren Gründern – jemals gebettelt? Solches und ähnliches donnerten jene; da sie aber für sich allein dem Ansturm der vier Heere nicht zu widerstehen vermochten, zogen sie schließlich ab, unter bösen Drohungen.

Marcolphus. Nun trat dann doch wohl Ruhe ein?

Phaedrus. Keineswegs: jene Bundesgenossenschaft gegen den fünften Orden verwandelte sich bald in einen Gladiatorenkampf. Der Franziskaner und der Dominikaner behaupteten, weder die Augustiner noch die Karmeliter seien rechte Bettelmönche, sondern nur Bastarde. Der Streit gedieh so weit, daß ich fürchtete, es möchte zu einem Handgemenge kommen.

Marcolphus. Und der Kranke ertrug das alles?

Phaedrus. Diese Dinge wickelten sich nicht an seinem Bett ab, sondern in einem an das Schlafgemach anstoßenden Vorzimmer, aber die Stimmen drangen deutlich bis zu dem Kranken, denn es ging nicht leise zu, sondern mit vollen Registern wurde das verhandelt; auch weißt du ja, daß ohnehin bei Kranken der Gehörsinn schärfer zu sein pflegt.

Marcolphus. Wie ging der Streit schließlich aus?

Phaedrus. Der Kranke ließ durch seine Frau bitten, sie möchten sich ein wenig still verhalten, er wolle den Handel schlichten. Er bat darauf, die Augustiner und die Karmeliter Mönche möchten für den Augenblick weggehen, es solle ihnen das nicht zum Schaden gereichen. Genau so viel Essen werde ihnen ins Kloster geschickt, wie sie erhalten würden, wenn sie hier im Hause blieben. Aber an der Beerdigung, so ordnete er an, sollten alle Orden, auch der fünfte, teilnehmen, und das Geld sollte zu gleichen Teilen jedem einzelnen verabreicht werden; jedoch sollten sie nicht am gemeinsamen Leichenschmaus sich beteiligen, damit nicht eine Streiterei ausbreche.

Marcolphus. Ein kluger Mann, der noch im Tode solche Wogen zu glätten versteht.

Phaedrus. Kein Wunder, er war viele Jahre lang Heerführer. Da sind solche Tumulte unter den Soldaten an der Tagesordnung.

Marcolphus. Er war demnach ein reicher Mann?

Phaedrus. Ja sehr.

Marcolphus. Sein Geld wird er wohl, wie's zu geschehen pflegt, auf schlimmen Wegen erworben haben, durch Räubereien, Kirchenfrevel und Auspressungen?

Phaedrus. So tun's für gewöhnlich allerdings die Kriegsobersten, auch will ich nicht beschwören, er sei solchen Gepflogenheiten ferne gestanden. Wenn ich aber den Mann genugsam gekannt habe, so hat er sein Vermögen mehr durch die Findigkeit seines Geistes als durch Gewaltmittel vergrößert.

Marcolphus. Wieso?

Phaedrus. Er verstand sich auf Arithmetik.

Marcolphus. Was heißt das?

Phaedrus. Das heißt, daß er seinem Fürsten dreißigtausend Mann ver-
rechnete, während es deren kaum siebentausend waren. Sodann
zahlte er vielen Soldaten gar nichts.

Marcolphus. Das ist allerdings eine prachtvolle Arithmetik.

Phaedrus. Ferner zog er den Krieg sehr kunstgerecht in die Länge, und
pflegte sowohl von feindlichen als von befreundeten Städten eine
monatliche Summe einzufordern: von den Feinden, auf daß sie keine
Feindseligkeiten zu erdulden hätten, von den Freunden, damit sie
mit dem Feinde paktieren dürften.

Marcolphus. Daran erkenne ich die allgemeine Gepflogenheit der
Kriegsleute. Doch bring' deine Erzählung zu Ende!

Phaedrus. Bernardinus also und Vincentius blieben mit einigen ihrer
Genossen bei dem Kranken zurück; den übrigen wurde das Essen
geschickt.

Marcolphus. Kam es zwischen denen, die als Besatzung zurückgeblieben
waren, zu einem friedlichen Übereinkommen?

Phaedrus. Nicht so ganz. Sie begannen etwas über ihre Vorrechte zu
grunzen; doch wurde dann, damit das Stück zu Ende gespielt werde,
die Sache beschwiegen. Schon wurden die Testamentsverfügungen
herbeigeschafft und mit Beiziehung von Zeugen die Punkte festgestellt, die sie schon vorher unter sich abgemacht hatten.

Marcolphus. Es interessiert mich, davon zu hören.

Phaedrus. Ich will summarisch verfahren, sonst führt uns die Sache zu
weit. Überlebend war die Gattin, die achtunddreißig Jahre alt war,
eine tüchtige, verständige Frau; sodann zwei Söhne von neunzehn
und von fünfzehn Jahren und ebensoviele Töchter, beide aber noch
unmündigen Alters. Im Testament war bestimmt, daß die Frau, weil
sie sich nicht dazu hatte verstehen können, Nonne zu werden, das
Beghinenkleid nehmen sollte – das ist ein Mittelding zwischen
Nonnen und Laienweibern –; der ältere Sohn, der ebenfalls nicht
Mönch werden wollte, –

Marcolphus. Ein alter Fuchs läßt sich nicht in der Schlinge fangen.

Phaedrus. – der ältere Sohn sollte gleich nach des Vaters Bestattung
nach Rom eilen, dort durch Dispens des Papstes vor dem rechtmä-
ßigen Alter Priester werden und ein Jahr lang jeden Tag in der Va-
tikanskirche eine Messe für seinen Vater lesen, sowie jeden Freitag
auf den Knien die heilige Treppe zum Lateran hinaufrutschen.

Marcolphus. Ging er gern darauf ein?

Phaedrus. Offen gestanden so, wie ein Esel die ihm aufgeladenen Säcke tragen muß. Der jüngere Sohn sollte dem heiligen Franz, die ältere Tochter der heiligen Klara und die jüngere der Katharina von Siena geweiht werden. Nur das konnte erreicht werden. Der Sinn Georgs stand nämlich dahin: alle fünf Überlebenden auf die fünf Bettelorden zu verteilen, um sich so Gott mehr zu verpflichten. Und mit Eifer arbeitete er darauf hin. Allein die Frau wie der ältere Sohn ließen sich weder durch Drohungen noch durch Schmeichelreden dazu bringen.

Marcolphus. Das ist eine neue Art, die Seinen zu enterben.

Phaedrus. Das ganze Erbe wurde so verteilt, daß nach Abzug der Begräbniskosten vom Ganzen ein Zwölftel auf die Frau fiel; aus der einen Hälfte dieser Summe sollte sie ihr Leben bestreiten, die andere dorthin abtreten, wo sie sich religiös verpflichten würde; ändere sie ihren Entschluß und trete davon zurück, so solle die gesamte Summe jener Vereinigung verbleiben. Das zweite Zwölftel sollte an den Sohn fallen, dem jedoch sofort das Reisegeld ausbezahlt werden muß und was er sonst bedarf für den Kauf des Dispenses und für seinen Jahresaufenthalt in Rom. Besinne er sich anders und nehme nicht die heiligen Weihen, so soll sein Zwölftel zwischen die Franziskaner und Dominikaner verteilt werden. Und ich fürchte, das wird so kommen, so groß ist die Abneigung des Sohnes gegen den Priesterrock. Zwei weitere Zwölftel würden an das Kloster kommen, in das der jüngere Sohn eintreten soll, ferner je zwei an die Klöster, die die Töchter aufnehmen würden; aber unter der Bedingung, daß, wenn die Kinder sich weigern sollten, dem Klosterleben sich zu weihen, doch die ganze Summe unangetastet in ihren Händen bleiben soll. Ein Zwölftel sodann kommt an den Bernardinus, ein weiteres an Vincentius. Die Hälfte von einem Zwölftel wird den Kartäusern vermacht für die Gemeinschaft an allen guten Werken, die im ganzen Orden getan werden. Die anderthalb letzten Zwölftel sodann sollen an verschämte Arme verteilt werden, welche Bernardinus und Vincentius als der Unterstützung würdig erachten. Das wurde dann nach dem Verlesen des Testaments mit folgenden Worten stipuliert: Georg Balearicus, bestätigst du bei lebendigem Leibe und gesundem Verstand dieses Testament, das du seinerzeit nach deinem Willen gemacht hast? – Ich bestätige es. – Und ist das dein letzter, unwandelbarer Wille? – Er ist's. – Setzest du mich und diesen Baccalaureus

Vincenz da zu Vollstreckern deines letzten Willens ein? – Ich tu's. – Dann hieß man ihn nochmals unterschreiben.

Marcolphus. Konnte das der Sterbende noch?

Phaedrus. Bernardinus führte dem Kranken die Hand.

Marcolphus. Was unterschrieb er?

Phaedrus. Der ziehe sich den Zorn des heiligen Franz und des heiligen Dominikus zu, der es versuchen sollte, irgend etwas an dem Testament zu ändern.

Marcolphus. Fürchteten sie denn nicht einen Gerichtshandel wegen dieses pflichtwidrigen Testamentes?

Phaedrus. Eine Einsprache gibt es nicht bei Dingen, die Gott geweiht werden, und niemand fängt gern mit Gott einen Prozeß an. Hierauf schworen dann die Frau und die Kinder dem Kranken, indem sie ihm die rechte Hand gaben, sie wollten das, was sie auf sich genommen hätten, halten. Dann begann, nicht ohne Streitigkeiten, die Verhandlung über den Leichenpomp. Schließlich siegte die Ansicht, daß von den fünf Bettelorden je neun Mönche teilnehmen sollten, zu Ehren der fünf Bücher Mosis und der in neun Chöre geteilten Engel. Jeder Orden sollte sein Kreuz vorantragen und die Leichengesänge singen. Außer den Verwandten sollten dreißig (denn um so viel Silberlinge ist der Herr verkauft worden) schwarzgekleidete Fackelträger und ehrenhalber zwölf Klageweiber (das ist die Zahl der Apostel) gemietet werden als Leichenbegleitung. Hinter dem Leichenwagen sollte das Pferd des Georg schwarzgeschirrt folgen, mit dem Hals so auf die Knie gezäunt, daß es seinen Herrn am Boden zu suchen scheine. Die Bahrdecke sollte an den Ecken das Wappen zeigen, ebenso auch die Fackeln und die schwarzen Kleider mit dem Wappen versehen sein. Der Leichnam selbst sollte zur Rechten des Altars in einen Marmorsarkophag von vier Fuß Höhe gelegt werden, und die Gestalt des Mannes selbst, aus parischem Marmor gearbeitet, oben auf dem Sarkophag liegen, vollständig bewaffnet vom Scheitel bis zur Ferse; auch sollte die Helmraupe, der Hals einer Kropfgans, nicht fehlen, ebenso nicht der Schild im linken Arm mit dem Wappen, das drei goldene Wildschweinköpfe auf silbernem Grund zeigt; an der Seite dann das Schwert mit vergoldetem Griff und vergoldetem und mit Knöpfen aus Edelsteinen geschmücktem Wehrgehenk und an den Füßen goldene Sporen; war er doch ein goldener Ritter. Zu Füßen sollte ein Leopard seinen Platz erhalten.

Die Ränder des Grabmals sollten eine eines solchen Mannes würdige Inschrift tragen. Sein Herz aber wollte Georg besonders in einer Kapelle des heiligen Franz beigesetzt haben; die Eingeweide dagegen vertraute er dem Pfarrer an, der sie ehrenvoll in der der jungfräulichen Mutter geweihten Kapelle beisetzen sollte.

Marcolphus. Das ist allerdings eine ehrenreiche, nur gar zu kostspielige Beisetzung. In Venedig würde einem Schuhmacher noch mehr Ehre erwiesen werden und das mit geringeren Kosten. Eine schöne Bahre liefert die Bruderschaft, und einen einzigen Genossen begleiten oft ihrer sechshundert Mann, in Kutten oder Mäntel von Mönchen gekleidet.

Phaedrus. Ich hab' das auch gesehen und mußte lachen über diesen für arme Leute so unpassenden Pomp. Feierlich schreiten die Walker und Gerber einher; aber oben und unten guckt ihnen der Banause aus dem Mönchshabit heraus – die reinsten Chimären. Auch hier war es übrigens nicht anders, wenn du es gesehen hättest. Auch daran dachte Georg, daß der Franziskaner und der Dominikaner unter sich durchs Los entschieden, welchem von beiden Orden der Vortritt im Zuge gebühre; nach ihnen sollten auch die andern das Los darüber ziehen, damit ja keine Unordnung entstehe. Der Parochialgeistliche und seine Kleriker sollten die geringste Stelle erhalten, in diesem Fall die erste. Anders hätten es die Mönche nicht zugelassen.

Marcolphus. Der Mann verstand sich darauf, nicht nur eine Schlachtlinie, sondern auch einen Zug zu ordnen.

Phaedrus. Auch dafür sorgte er, daß der Leichengottesdienst, der in der Pfarrkirche stattfinden sollte, ehrenvollerweise mit Musik zelebriert würde. Während das alles nun abgemacht ward, ergriff den Kranken ein Schauer, und sichere Zeichen bewiesen, daß seine letzte Stunde gekommen sei. So gelangen wir denn zum letzten Akt des Schauspiels. Die Bulle des Papstes ward vorgelesen, worin ihm Absolution von allen Vergehen versprochen und die Furcht vor dem Fegefeuer ihm völlig benommen wurde. Überdies wurden alle seine Güter als gerechtes Gut erklärt.

Marcolphus. Während er sie doch durch Raub erworben hat.

Phaedrus. Sag' besser durch Kriegsrecht und nach Soldatensitte. Zufällig war Philipp, ein Bruder der Frau, Jurist von Beruf, zugegen; dieser wies in der Urkunde auf eine Stelle hin, die anders hingesetzt war als es hätte sein sollen, und äußerte den Verdacht, es liege hier eine Fälschung vor.

Marcolphus. Das sagte er aber recht zur Unzeit; er hätte schweigen sollen, selbst wenn ein Irrtum vorlag; der Kranke hätte sich deshalb um nichts schlechter befunden.

Phaedrus. Ich bin deiner Ansicht. Der Kranke wurde denn auch durch diese Sache so aufgeregt, daß es an Verzweiflung grenzte. Da zeigte sich Vincenz als mutiger Mann; er hieß den Georg ganz ruhig sein: er besitze die Gewalt zu verbessern und zu ergänzen, wenn etwas in der Bulle verfehlt oder ausgelassen sei. Wenn dich – so sagte er – diese Bulle täuschen sollte, so setze ich jetzt diese meine Seele für dich zum Pfand, damit deine Seele gen Himmel ziehe, meine aber der Hölle überantwortet werde.

Marcolphus. Nimmt Gott derartigen Seelenwechsel an? Und, wenn er ihn annimmt, war dem Georg mit diesem Pfände genugsam gedient? Wie, wenn nun die Seele des Vincentius auch ohne den Rollenwechsel der Hölle verfallen war?

Phaedrus. Ich erzähle nur, was geschah. Jedenfalls erreichte Vincenz das, daß dem Kranken offenkundig wieder der Mut zurückkehrte. Es wurden dann die Bürgschaften verlesen, durch die dem Georg die Gemeinschaft an allen den Werken versprochen wurde, die durch die vier Orden getan würden, und auch durch den fünften, die Kartäuser.

Marcolphus. Ich hätte Angst, ich würde zur Hölle hinabgedrückt, wenn ich eine solche Last schleppen müßte.

Phaedrus. Ich rede von den guten Werken; die beschweren die Seele, die sich zum Emporflug anschickt, nicht mehr als Federn den Vogel.

Marcolphus. Wem vermachen sie aber ihre schlimmen Werke?

Phaedrus. Den deutschen Söldlingen.

Marcolphus. Mit welchem Rechte?

Phaedrus. Nach evangelischem Rechte: wer da hat, dem wird gegeben. Zugleich wurde die Zahl der Messen und Psalmgesänge verlesen, die die Seele des Toten begleiten sollen. Sie war ungeheuer. Dann wurde die Beichte wiederholt und der Segen gespendet.

Marcolphus. Hauchte er dann seine Seele aus?

Phaedrus. Noch nicht. Es wurde eine strohgeflochtene Matratze auf den Boden gelegt, deren aufgerolltes Kopfende eine Art Kissen bildete. Diese besprengten sie mit Asche, aber nur spärlich; dann legten sie den Körper des Kranken darauf. Die Kutte des Franziskaners wurde über ihn gebreitet, zuvor aber mit Gebeten und Weihwasser geweiht. Dem Haupt wurde die Kapuze untergelegt; denn anziehen konnte man sie ihm nicht mehr. Zugleich mit ihr wurden ihm die Bulle samt den Bürgschaften unter den Kopf geschoben.

Marcolphus. Das ist eine neue Art des Sterbens.

Phaedrus. Sie versichern, daß der Böse über die, die so sterben, keine Macht habe. So seien, abgesehen von anderen, der heilige Martin und der heilige Franz gestorben.

Marcolphus. Aber dem Tode dieser hat auch ihr Leben entsprochen. Bitte, was kam dann noch?

Phaedrus. Dem Kranken wurde ein Kruzifix und eine Wachskerze hingehalten. Zu dem hingehaltenen Kreuz sagte der Sterbende: Im Krieg pflegte ich mich auf meinen Schild zu verlassen; jetzt halte ich diesen Schild meinem Feinde entgegen. Und indem er das Kreuz küßte, schob er es an seine linke Schulter heran. Zur geweihten Kerze sagte er: Einst war ich im Kriege stark durch meine Lanze; jetzt werde ich diese Lanze gegen den Feind der Seelen schütteln.

Marcolphus. Das war recht militärisch gesprochen.

Phaedrus. Es waren seine letzten Worte. Denn bald nahm der Tod von seiner Zunge Beschlag und zugleich begann er die letzten Züge zu tun. Bernardinus stand unmittelbar zur Rechten des Sterbenden, Vincentius zur Linken, beide hübsch laut sprechend. Der eine zeigte ihm das Bild des heiligen Franz, der andere das des heiligen Dominikus. Die übrigen, im Zimmer verstreut, murmelten mit dumpfer Stimme Psalmen. Bernardinus erschütterte mit lauten Worten sein rechtes, Vincentius sein linkes Ohr.

Marcolphus. Was sagten sie?

Phaedrus. Bernardinus ungefähr folgendes: Georg Balearicus, wenn du auch jetzt noch zu dem, was zwischen uns abgemacht wurde, deine Zustimmung gibst, so neige dein Haupt zur Rechten. Er tat's. Vincentius von der anderen Seite sagte: Fürchte dich nicht, Georg; du hast den Franz und den Dominikus zu Vorkämpfern. Sei ganz sicher. Denke daran, wie vieler Verdienste du sicher bist, denk' an die Bulle; erinnere dich auch daran, daß ich meine Seele für dich zum Pfand eingesetzt habe, wenn je Gefahr drohen sollte. Wenn du das hörst und billigst, so neige dein Haupt zur Linken! Mit ähnlichen lauten Worten sagten die andern: wenn du das hörst, so nimm meine Hand.

Er drückte dann die Hand. Während er so seinen Kopf bald hierin bald dorthin kehrte und die Hände faßte, verstrichen ungefähr drei Stunden. Als nun Georg den Mund aufzusperren begann, da sprach Bernardinus hochaufgerichtet die Absolution; er war noch nicht zu Ende gekommen, da hatte Georg seine Seele ausgehaucht. Das war gegen Mitternacht. Am Morgen wurde er seziert.

Marcolphus. Was für eine Krankheit ergab sich?

Phaedrus. Du erinnerst mich mit Recht daran, fast hätte ich es vergessen. Ein Stück Blei hing im Zwerchfell.

Marcolphus. Woher kam das?

Phaedrus. Seine Frau erzählte, er sei einmal von einer Kugel getroffen worden. Daraus schlossen die Ärzte, ein Teil des aufgelösten Bleies sei dann im Körper sitzen geblieben. Der ganz zerfetzte Körper wurde dann mit einer Franziskanerkutte bekleidet. Am Nachmittag wurde er beerdigt mit dem Pomp, der ausgemacht worden war.

Marcolphus. Noch nie habe ich von einem mühseligeren Tod und einem ehrgeizigeren Leichenbegängnis gehört. Ich denke aber, du wirst nicht wollen, daß diese ganze Sache im Volk bekannt werde.

Phaedrus. Weshalb?

Marcolphus. Damit nicht die Hornissen[27] gereizt werden.

Phaedrus. Das hat keine Gefahr. Denn wenn das, was ich erzähle, etwas Gottseliges ist, so liegt es in ihrem eigenen Interesse, daß das Volk es erfahre; wenn aber nicht, so werden mir die guten unter ihnen Dank wissen, daß ich das bekannt gemacht habe, damit einige aus Scham aufhören, ähnliches zu tun; sodann mögen sich die einfachen Leute hüten, daß sie nicht in ähnlichen Irrtum fallen. Auch bei den Mönchen gibt es verständige und wahrhaft fromme Männer, die sich oft darüber bei mir beklagt haben, daß durch den Aberglauben oder die Unredlichkeit Weniger der ganze Orden bei den guten Menschen sich verhaßt mache.

Marcolphus. Du handelst recht und mutig. Aber jetzt möcht' ich noch wissen, wie Cornelius gestorben ist.

Phaedrus. Wie er gelebt hat: keinem zur Last, so ist er auch gestorben. Er hatte sein Jahresfieber, das zu bestimmten Zeiten jedes Jahres wiederkehrte. Diesmal setzte es dem Manne mehr als sonst zu, sei es, weil er älter geworden war (er hatte sein sechzigstes Lebensjahr

---

27   Gemeint ist selbstverständlich das Mönchsgeschmeiß.

überschritten), sei es aus anderen Gründen, und er fühlte selbst, daß sein Todestag gekommen sei. Vier Tage vor dem Ende war Sonntag; da ging er in die Kirche, beichtete seinem Pfarrer, hörte die Predigt und die Messe, und von der Messe kehrte er, nachdem er den Leib des Herrn andächtig empfangen hatte, nach Hause zurück.

Marcolphus. Brauchte er keine Ärzte?

Phaedrus. Einen einzigen zog er zu Rate, der ein ebensoguter Mensch als Arzt war; er heißt Jacobus Castrutius.

Marcolphus. Ich kenn' ihn. Es gibt keinen ehrlicheren Menschen.

Phaedrus. Dieser sagte, an seiner Hilfe solle es dem Freunde nicht fehlen; aber ihm scheine, bei Gott sei mehr Hilfe als bei den Ärzten. Cornelius nahm diese Worte so freudig entgegen, als wenn er ihm die sicherste Hoffnung auf Genesung gemacht hätte. Und obschon er stets nach seinem Vermögen gegen die Armen sehr wohltätig gewesen war, verteilte er, was für den Unterhalt seines Weibes und seiner Kinder nicht vonnöten war, unter die Bedürftigen, nicht unter jene aufdringlich und widerwärtig Bettelhaften, sondern unter die braven Armen, die mit fleißiger Arbeit gegen die Armut kämpfen. Ich bat den Mann, er solle sich zu Bette legen und einen Priester rufen lassen, anstatt seinen schwachen Körper zu ermüden. Er antwortete, es sei immer sein Bestreben gewesen, lieber, wenn es möglich sei, seinen Freunden beizustehen, als sie mit Anliegen zu belästigen; er wolle sich jetzt, da es zum Sterben gehe, nicht unähnlich werden. So lag er erst am letzten Tage und einen Teil der Nacht, in der er starb, zu Bette. Inzwischen bediente er sich für seinen müden Körper eines Stockes, oder er saß in einem Stuhl; nur selten legte er sich auf sein Ruhelager, aber in den Kleidern und mit aufgerichtetem Kopfe. Er traf dann derweilen Anordnungen zur Fürsorge für die Armen, die ihm besonders bekannt waren oder in der Nähe wohnten, oder er las in den heiligen Schriften, was das Vertrauen des Menschen zu Gott weckt und dessen Liebe zu uns erklärt. War er dazu aus Müdigkeit nicht mehr recht imstande, so hörte er einem vorlesenden Freunde zu. Oft mahnte er mit wunderbarer Eindringlichkeit die Seinen zu gegenseitiger Liebe und Eintracht und zum Streben nach der wahren Frömmigkeit; und wenn sie über seinen Tod sich Sorgen machten, so tröstete er sie aufs liebevollste. Zugleich mahnte er sie, daß nichts von Schulden unbezahlt bliebe.

Marcolphus. Machte er kein Testament?

Phaedrus. Schon früher, in gesunden Tagen hatte er das besorgt. Er meinte nämlich, das seien keine Testamente, die von Sterbenden gemacht würden, sondern Deliramente.

Marcolphus. Hat er den Klöstern oder den Armen nichts vermacht?

Phaedrus. Nicht einen Pfennig. Ich habe, so sagte er, meinerseits mein bißchen Habe verwaltet. Wie ich nun jetzt meinen Besitz andern überlasse, so überlasse ich ihnen auch die Verfügung darüber. Und ich habe das Vertrauen, daß die Meinen es frömmer verwenden, als ich selbst es getan habe.

Marcolphus. Beschied er keine frommen Männer zu sich, wie Georg dies getan hat?

Phaedrus. Nicht einen Menschen; außer seiner Familie und zwei intimen Freunden war niemand da.

Marcolphus. Es nimmt mich wunder, was er sich dabei dachte.

Phaedrus. Er sagte, er wolle bei seinem Tod nicht mehr Leuten beschwerlich fallen als bei seiner Geburt.

Marcolphus. Ich bin gespannt auf das Ende deiner Erzählung.

Phaedrus. Du sollst es gleich hören. Der Donnerstag kam. Er hatte das Lager nicht verlassen, da er sich äußerst müde fühlte. Man holte den Pfarrer, und dieser erteilte ihm die letzte Ölung, reichte ihm nochmals den Leib des Herrn, aber ohne Beichte. Der Kranke sagte nämlich, sein Herz sei frei von allen Gewissensbissen. Der Pfarrer begann dann von der Beerdigung zu sprechen: was für ein Leichengeleite und wo er bestattet zu werden wünsche. Laßt mich, antwortete er, so begraben, wie man einen Christen untersten Ranges beerdigen würde. Mir ist es gleichgültig, wo mein Körper ruht; man wird ihn am jüngsten Tage deswegen doch da finden, wo Ihr ihn hingebettet habt. Nach einem Leichenpomp frage ich nichts. Es wurden dann von dem Pfarrer das Glockengeläute, die Messen nach dreißig Tagen und Jahrestagmessen, die Bulle, die zu kaufende Gemeinschaft an den Verdiensten in Erinnerung gebracht. Daraufhin entgegnete jener: Lieber Pfarrer, es wird mir nicht schlechter gehen, wenn keine Glocke läutet. Haltet Ihr mich einer einzigen Totenmesse für würdig, so ist das mehr als genug. Gibt es aber etwas, dessen Unterlassung wegen des allgemeinen kirchlichen Brauchs bei den Schwachen Ärgernis erregen könnte, so stelle ich das Eurem Gutdünken anheim. Ich habe auch nicht Lust, die Gebete irgend jemandes zu erkaufen oder irgend einen seiner Verdienste zu berauben. Christus ist an

Verdiensten reich genug; und ich habe das Vertrauen, daß die Gebete und Verdienste der ganzen Kirche mir zugute kommen werden, wenn ich nur ein lebendiges Glied derselben bin. Auf zwei Bullen aber steht meine ganze Hoffnung: die erste ist die meiner Sünden, die der oberste Hirte, unser Herr Jesus, getilgt hat, indem er sie ans Kreuz heftete; durch die andere, die er selbst mit seinem Blute geschrieben und versiegelt, hat er uns alle des ewigen Heils gewiß gemacht, wenn wir unser ganzes Vertrauen auf ihn selber setzen. Ferne sei es von mir, mit fremden Verdiensten und mit Bullen ausgerüstet meinen Herrn herauszufordern, daß er mit seinem Knechte ins Gericht gehe, da ich überzeugt bin, daß vor seinem Angesicht kein Lebender sich rechtfertigen kann. Ich appelliere von seiner Gerechtigkeit an seine Barmherzigkeit, die ja unendlich und unsagbar ist. Auf diese Worte hin ging der Pfarrer von dannen. Cornelius, als beseelte ihn eine starke Hoffnung auf sein Heil, ließ fröhlich und munter sich einiges aus den heiligen Büchern vorlesen, was die Hoffnung der Auferstehung und den Lohn der Unsterblichkeit bestätigt, wie z. B. jenes Wort aus dem Jesaia über die Krankheit des Hiskia samt dessen Danklied[28]; ferner das 15. Kapitel aus des Paulus erstem Brief an die Korinther, sodann die Stelle über den Tod des Lazarus im Johannes-Evangelium, vor allem aber die Passionsgeschichte Christi nach den Evangelien. Wie verschlang er das alles, hier und da seufzend, an andern Stellen die Hände zum Dank faltend, bei andern freudig frohlockend, und von Zeit zu Zeit verrichtete er ein kurzes Gebet. Nach dem Mittagessen schlummerte er kurze Zeit, dann ließ er sich das 12. Kapitel aus dem Johannes-Evangelium vorlesen bis zum Ende des Berichts. Da hätte man sagen können, der Mann werde völlig verklärt und rede mit einem neuen Geiste. Schon neigte sich der Tag dem Abend zu, da ließ er sein Weib und seine Kinder kommen; soweit es seinem kranken Körper möglich war, richtete er sich auf und sprach zu ihnen: Liebste Frau, die Gott einst zusammengetan hat, die trennt er jetzt, aber nur dem Körper nach und nur für kurze Zeit; Übertrag' die Sorgfalt, Liebe, Zärtlichkeit, die du bis dahin zwischen mir und den lieben Pfändern unseres Bundes zu teilen pflegtest, jetzt ganz auf sie. Glaube nicht, daß du irgendwie dir Gott und mich mehr verpflichten kannst, als indem

28   Für die Genesung; Jes. Kap. 38.

du diese Kinder da, die Gott uns als Frucht der Ehe schenkte, so erziehst und unterweisest, daß sie für Christi würdig gehalten werden. Verdopple also deine treue Liebe zu ihnen, und denk' daran, daß mein Teil jetzt auf dich übergegangen ist. Wenn du so handeln willst – und ich verlasse mich völlig darauf – dann liegt kein Grund vor, weswegen sie als Waisen betrachtet würden. Solltest du wieder eine Ehe eingehen – bei diesen Worten brach die Frau in Weinen aus und fing an zu beteuern, sie werde niemals an eine zweite Heirat denken. Da sagte Cornelius: Geliebteste Schwester in Christo, wenn der Herr Jesus dir diesen Vorsatz ins Herz geben will und die nötige Kraft des Herzens dazu, dann verwirf diese himmlische Gabe nicht. Wenn dich aber des Fleisches Schwachheit einen anderen Weg sollte führen wollen, dann wisse, daß mein Tod dich von dem ehelichen Band befreit, nicht aber von der Treue, welche du in meinem und deinem Namen der Sorge für die gemeinschaftlichen Kinder schuldest. Was die Ehe betrifft, so gebrauche die Freiheit, die der Herr dir gestattete; nur eins bitt' ich dich und ermahne dich: daß du dir einen Mann auswählest von solchen Sitten und dich ihm so bezeigest, daß er, von seiner eigenen Güte geleitet oder durch deine Freundlichkeit veranlaßt, seine Stiefkinder liebe. Ebenso siehe zu, daß du dich durch keine Gelübde bindest. Erhalte dich frei für Gott und unsere Kinder. Erziehe diese in der Weise zu aller Frömmigkeit, daß du dich hütest, sie irgend einer geistlichen Regel zu eigen zu geben, bis ihr Alter und ihre Erfahrung zeigen werden, zu welcher Art des Lebens sie sich eignen. Dann wandte er sich zu den Kindern und ermahnte sie zum Streben nach Frömmigkeit, zum Gehorsam gegen ihre Mutter, zu gegenseitiger Liebe und Eintracht. Nach diesen Worten küßte er seine Frau, für die Kinder betete er, indem er das Zeichen des Kreuzes machte, um einen guten Geist und die Gnade Christi. Dann sah er alle Anwesenden an und sprach: Morgen früh wird der Herr, der in der Morgendämmerung auferstanden ist, in seiner Gnade meine Seele aus dem Grab dieses Körpers und aus dem Dunkel dieser Sterblichkeit zu seinem ewigen Lichte rufen. Ich will nicht, daß das zarte Alter durch unnütze Nachtwachen ermüdet werde; auch die übrigen sollen abwechselnd schlafen. Mir genügt es, wenn eine einzige Person wacht, damit sie mir aus der Schrift vorlese. Die Nacht ging vorüber. Da, um vier Uhr, als alle zugegen waren, ließ er den Psalm sich vorlesen, den der Herr am Kreuze betend gesprochen hat[29]. Hierauf befahl er, die Kerze zu bringen und das Kruzifix, und indem er die Kerze empfing, sagte er: Herr, meine Erleuchtung und mein Heil, wen sollte ich fürchten? und das Kreuz küssend, sprach er: Herr, Beschützer meines Lebens, vor wem sollte ich zittern? Dann legte er seine Hände gefaltet auf die Brust und mit zum Himmel gerichteten Augen sagte er: Herr Jesu, nimm meinen Geist auf! Und sofort schloß er die Augen, als wollte er schlafen, zugleich verhauchte er leise und leicht sein Leben. Du hättest glauben können, er schlafe, nicht, er sei gestorben.

Marcolphus. Noch nie hab' ich von einem weniger mühseligen Tod erzählen hören.

Phaedrus. So war der Mann in seinem ganzen Leben. Die beiden Toten waren meine Freunde. Vielleicht beurteile ich nicht richtig, welcher von beiden christlicher gestorben ist; du, der unbefangener bist, magst das besser entscheiden.

Marcolphus. Ich will's tun, aber du mußt mir Zeit dazu lassen.

---

29 Psalm 22, der ab »Christi Leidenspsalm« in der Luther-Übersetzung bezeichnet ist.

Die Apotheose des Reuchlin

De incomparibili heroe Johanne Reuchlino in divorum numerum relato sive Apotheosis Capnionis

Pompilius · Brassicanus

Pompilius. Woher kommst du im Reiseanzug?

Brassicanus. Aus Tübingen.

Pompilius. Gibt's dort nichts Neues?

Brassicanus. Es ist doch merkwürdig, daß alle, aber auch alle Menschen auf Neuigkeiten dermaßen erpicht sind. Und doch habe ich in Löwen einen gewissen Kameler[30] predigen hören, alles Neue sei zu meiden.

Pompilius. Die Mahnung macht dem Namen des Mahners alle Ehre. Dieser Mensch (wenn es überhaupt ein Mensch war) sollte eigentlich niemals seine alten Schuhe oder seine morschgewordene Hose wechseln dürfen, stets faule Eier essen und nichts als abgestandenen Wein trinken müssen.

Brassicanus. Und doch treibt es gerade dieser Mann, damit du es nur weißt, in seiner Freude am Alten durchaus nicht etwa so weit, daß er die Suppe von gestern der frischen vorzöge.

Pompilius. Doch lassen wir den Kameler und sag' lieber, was du Neues bringst!

Brassicanus. Das Neue, was ich mitbringe, ist, wie jener es gesagt hat, etwas Schlimmes.

Pompilius. Auch das wird ja aber dereinst ein Altes sein. Der notwendige Gang der Dinge wäre also der: wenn alles Alte gut und alles Neue schlecht ist, so wird das, was jetzt als gut gilt, einst schlecht, und was jetzt schlecht ist, künftighin gut sein.

Brassicanus. Nach des Kamelers Ansicht müßte es so zugehen. Wer somit einst als Jüngling ein schlimmer Dummkopf war, weil er eben noch ein Neuling war, ist jetzt, weil er alt geworden ist, ein guter Dummkopf.

Pompilius. Doch pack' jetzt endlich deine Neuigkeit aus.

---

30 Eine abgekürzte spaßhafte Form für Karmeliter.

Brassicanus. Der Phönix der Gelehrsamkeit, der in drei Zungen geredet hat, Johannes Reuchlin ist aus dem Leben abgeschieden.

Pompilius. Ist das wirklich wahr?

Brassicanus. Nur zu wahr.

Pompilius. Was ist denn aber so Schlimmes dabei, mit Hinterlassung eines der Unsterblichkeit sicheren, ehrenvollsten Namens aus den Übeln dieser Welt in die Gemeinschaft der Seligen umzusiedeln?

Brassicanus. Ja, wer hat dir denn das gesagt?

Pompilius. Nun, das versteht sich doch von selbst. – Wer so gelebt hat, kann ja gar nicht anders sterben.

Brassicanus. Du würdest das noch weit eher sagen, wenn du wüßtest, was ich weiß.

Pompilius. Was denn? Bitte sag's.

Brassicanus. Ich darf es nicht erzählen.

Pompilius. Weshalb nicht?

Brassicanus. Weil der, der mir's anvertraut, sich Schweigen ausbedungen hat.

Pompilius. So übermittele es mir unter derselben Bedingung; ich verspreche dir in besten Treuen Stillschweigen.

Brassicanus. Wenn mich auch ein solches Treuwort schon mehr als einmal getäuscht hat, so will ich dir die Sache doch anvertrauen, um so mehr, als es sich um eine Angelegenheit handelt, deren Bekanntwerden allen Guten nur von Nutzen sein kann. Also: in Tübingen lebt ein Franziskaner, der bei allen als ein Mann von ausgezeichneter Frömmigkeit gilt, außer in seinen eigenen Augen.

Pompilius. Das ist der beste Beweis für wahre Frömmigkeit.

Brassicanus. Du solltest den Mann eigentlich kennen; wenn ich dir den Namen nennte, würdest du zugeben, daß ich die Wahrheit sage.

Pompilius. Wie, wenn ich ihn erriete?

Brassicanus. Das steht dir frei.

Pompilius. Halt dein Ohr her!

Brassicanus. Wozu? wir sind ja allein.

Pompilius. S' ist halt so Sitte.

Brassicanus. Recht erraten, der ist's.

Pompilius. Das ist ein Mann von unbedingter Zuverlässigkeit. Was er gesagt hat, das ist für mich, als wenn's in den sibyllinischen Büchern stände.

Brassicanus. So höre denn vertrauensvoll das ganze Zwiegespräch. Unser Reuchlin lag krank, und zwar recht gefährlich, immerhin so, daß Hoffnung auf Besserung bestand – ein solcher Mann sollte niemals alt und krank werden und sterben müssen! Frühmorgens besuchte ich meinen Franziskaner, damit er durch seinen Zuspruch meinen bedrückten Geist erleichterte; denn ich war krank mit meinem erkrankten Freunde, den ich lieb hatte wie einen Vater.

Pompilius. Fürwahr! nur ein sehr schlechter Mensch hat diesem Manne die Liebe versagen können.

Brassicanus. Da sagt der Franziskaner zu mir: Brassicanus, laß alle Traurigkeit deines Herzens fahren: unser Reuchlin ist nicht mehr krank. Wie? sag' ich, ist er so plötzlich genesen? Vor zwei Tagen machten die Ärzte noch keine besonders hoffnungsvollen Versprechungen. Da erwiderte jener: Er ist genesen, aber so, daß er künftighin keine Krankheit mehr zu fürchten hat. Weine nicht eher (er sah nämlich, daß mir die Tränen hervorbrachen) – weine nicht eher, als bis du alles gehört hast. Es sind nun sechs Tage her, seit ich den Kranken nicht besucht hatte; aber in täglichem Gebet habe ich seine Gesundheit Gott befohlen. Gestern Nacht nun, da ich mich nach der Frühmette wieder auf die Streu gelegt hatte, kam ein süßer, leichter Schlaf über mich.

Pompilius. Mein Herz läßt mich ich weiß nicht was Frohes ahnen.

Brassicanus. Du ahnest richtig. Ich meinte nämlich – so erzählte der Franziskaner – bei einem Brücklein zu stehen, über das man auf einen überaus lieblichen Wiesenplan gelangte. Da schmeichelte den Augen ein mehr als smaragdenes Grün der Gräser und des Laubes, da lächelten einem die Blümlein mit einem so unglaublichen Reichtum der Farben entgegen, da duftete alles wunderbar, so daß jede Wiese diesseits des Flüßleins, das jenes selige Gefilde abgrenzte, nicht zu leben und zu grünen schien, sondern tot und unschön und dürr aussah. Während ich noch ganz in dieses Schauspiel versunken stand, war eben Reuchlin vorbeigegangen, und im Vorbeigehen hatte er auf hebräisch mir den Frieden gewünscht. Schon hatte er die Hälfte der Brücke überschritten, bevor ich ihn bemerkte; als ich ihm nun nacheilen wollte, winkte er mir, sich umdrehend, ab. »Es ist dir noch nicht gestattet«, sagte er; »von jetzt an in fünf Jahren wirst du mir folgen. Jetzt jedoch magst du als Zeuge und Zuschauer dessen, was hier vorgehen wird, da bleiben.« Ich fragte daraufhin den Franziskaner: War Reuchlin unbekleidet oder bekleidet, allein oder in Begleitung? Er antwortete: Nur ein einziges schneeweißes Kleid trag er; man hätte es für ein damastenes halten können, so wundervoll leuchtend war das Weiß. Es folgte ihm ein Knabe von unbeschreiblicher Gestalt, mit Flügeln; ich denke, es war Reuchlins guter Genius.

Pompilius. Aber folgte ihm denn nicht auch der böse Genius?

Brassicanus. Sogar etliche, wie mein Franziskaner meinte. Er erzählte nämlich, es seien Reuchlin von ferne einige Vögel gefolgt mit schwarzen Federn, nur beim Entfalten der Flügel zeigten sich Federn, die eher falb waren als weiß. Er meinte, nach Farbe und Gekreisch hätten es Elstern sein können; nur daß jeder einzelne Vogel sechzehnmal so groß war als eine Elster; sie waren um nichts kleiner als Geier, hatten einen Kamm auf dem Kopf, gebogene Schnäbel und Krallen und einen hervortretenden Bauch. Es hätten Harpyien sein können, wenn's nur drei an Zahl gewesen wären.

Pompilius. Was führten diese Furien im Schild?

Brassicanus. Von ferne, so erzählte er, kreischten sie dem Heros Reuchlin nach, und sie hätten ihn wohl gerne angegriffen, wenn sie nur gedurft hätten.

Pompilius. Wer hinderte sie daran?

Brassicanus. Reuchlin hatte sich umgewendet, und mit der Hand das Zeichen des Kreuzes schlagend rief er aus: Macht euch davon, dahin wo ihr hingehört, ihr Pestgeschmeiß! Es ist genug, daß ihr den Sterblichen Unrat anrichtet; an mir, der ich jetzt den Unsterblichen zugeteilt bin, hat euer unsinniges Wüten seine Macht verloren. Kaum hatte, wie der Franziskaner weiter berichtete, Reuchlin diese Worte gesagt, so zogen diese scheußlichen Vögel ab mit Hinterlassung eines Gestankes, neben dem der menschliche Kot wie Majoran- oder Nardenöl duftet. Mein Erzähler schwor, er möchte lieber in die Grube fahren, als ein zweites Mal den Geruch eines solchen Räucherwerks einatmen müssen.

Pompilius. Fluch diesen Pestvögeln!

Brassicanus. Höre nun aber, was der Franziskaner weiter erzählte. Während ich diese Dinge aufmerksam betrachte – fuhr er fort – war der heilige Hieronymus schon in die Nähe der Brücke gekommen und redete Reuchlin mit den Worten an: Sei gegrüßt, mein heiligster Kollege. Mir ist der Auftrag geworden, dich in die himmlische Gemeinschaft aufzunehmen und zu geleiten, die deinen so heiligen

Bemühungen von der göttlichen Güte bestimmt ist. Mit diesen Worten nahm er ein Gewand hervor, das er Reuchlin anzog. Da unterbrach ich den Erzähler mit den Worten: Sag', in was für einer Kleidung und Gestalt zeigte sich Hieronymus? War er so alt, wie die Maler ihn darstellen, trug er die Kapuze oder den Hut und das Kardinalskleid, oder hatte er den Löwen als Begleiter bei sich? Nichts von alledem, erwiderte der Franziskaner. Er war lieblich von Gestalt, vom Alter zeigte sich nur so viel, daß es nicht häßlich, sondern im höchsten Grade würdig sich ausnahm. Was aber hätte er dort mit dem Löwen, den ihm die Maler beigesellten, als Begleiter tun sollen? Er trug ein bis zu den Knöcheln reichendes Kleid, leuchtend wie durchsichtiges Kristall und von derselben Form wie das, welches er Reuchlin überreicht hatte. Es war vollständig bemalt mit Zungen in drei Farben: purpurn, smaragdgrün, saphirblau. Und das alles schimmerte und die Anordnung der Zungen trug nicht wenig zur schönen Wirkung bei.

Pompilius. Ich vermute, es sei dies ein Symbol der drei Sprachen gewesen, in denen diese Männer bewandert waren.

Brassicanus. Das steht außer Zweifel. Denn, wie der Franziskaner erzählte, auf den Säumen waren Buchstaben der drei Sprachen in den drei verschiedenen Farben sichtbar.

Pompilius. War Hieronymus ohne alles Geleite erschienen?

Brassicanus. Ohne Geleite meinst du? Das ganze Feld war vielmehr von Myriaden Engeln erfüllt, und ebenso die ganze Luft, wie wir in den Sonnenstrahlen kleine Körperchen hin und her tanzen sehen, die man als Atome zu bezeichnen pflegt, wenn anders etwas so Geringes zum Vergleich herangezogen werden darf. Weder Himmel, noch Feld hätte man sehen können, wenn nicht alles durchsichtig gewesen wäre.

Pompilius. Wahrlich, dem Reuchlin kann man Glück wünschen. Was geschah dann weiter?

Brassicanus. Hieronymus, so erzählte mein Gewährsmann, ließ den Reuchlin ehrenvoll zur Rechten gehen und führte ihn hinab mitten auf das Feld. Dort ragte in der Mitte ein Hügel empor. Auf seiner Spitze umarmte der eine den andern mit freundlichem Kusse. Inzwischen aber tat sich der Himmel über ihnen weit auf, eine ganz unbeschreibliche Majestät entfaltend, so daß daneben alles andere fast schmutzig aussah, während es vorher doch wunderbar erschienen war.

Pompilius. Könntest du es nicht etwas genauer schildern?

Brassicanus. Wie sollte ich, da ich es doch nicht gesehen habe! Er aber, der es gesehen hat, sagte, es sei undenkbar, auch nur eine Ahnung davon zu geben; nur das meinte er: er würde gerne tausendmal sterben, wenn er dieses Schauspiel auch nur einen kleinen Augenblick ein zweites Mal genießen könnte.

Pompilius. Was kam dann schließlich noch?

Brassicanus. Aus der Öffnung des Himmels wurde eine gewaltige Säule mit einem leuchtenden, aber doch wohltuenden Feuer niedergelassen, und auf dieser fuhren die beiden heiligen Seelen in enger Umschlingung in den Himmel, während Engelchöre alles mit einem solch süßen Gesang umkosten, daß der Franziskaner sagte, er könne an diesen herrlichen Genuß nie ohne Tränen zurückdenken. Dann verbreitete sich ein wunderbarer Wohlgeruch. Als der Schlaf, wenn von einem solchen gesprochen werden kann, den Franziskaner verließ, glich er einem Irren; er meinte, nicht in seiner Zelle zu sein, er fragte nach der Brücke und dem Wiesenplan; von nichts anderm konnte er reden, an nichts anderes denken. Als die Ältesten des Kollegiums merkten, daß es sich hier um keine Fabelei handle (denn sie hatten erfahren, daß zur selben Stunde, in der dem heiligen Manne seine Vision geworden war, Reuchlin gestorben sei), da dankten sie Gott dafür, daß er die Guttaten der Frommen mit so herrlichem Lohn kröne.

Pompilius. Was bleibt uns da noch anderes zu tun, als den Namen des heiligsten Mannes dem Heiligenkalender einzuverleiben?

Brassicanus. Das hätte ich getan, auch wenn der Franziskaner nichts Derartiges gesehen hätte, und zwar mit goldenen Lettern, ganz in der Nähe des seligen Hieronymus.

Pompilius. Ich will des Todes sein, wenn ich nicht dasselbe in meinem Kalender tue.

Brassicanus. Er soll auch in meiner Hauskapelle stehen, aus Gold, zwischen den auserwählten Heiligen.

Pompilius. Auch in meiner, und sogar aus Edelstein, wenn meine Mittel mit meiner Absicht Schritt halten.

Brassicanus. Auch in der Bibliothek weise ich ihm zunächst bei Hieronymus seinen Platz an.

Pompilius. Dasselbe tue auch ich.

Brassicanus. Das sollten alle, welche die Sprachen und die guten Wissenschaften, namentlich die heiligen, pflegen und lieben, tun, wenn anders sie dankbar sein wollen.

Pompilius. Verdient hat er es allerdings. Aber macht dir das keine Skrupeln, daß er noch nicht durch die Autorität des Papstes in Rom unter die Heiligen versetzt ist?

Brassicanus. Ja, wer hat denn den heiligen Hieronymus kanonisiert (wie sie es nennen), oder den Paulus oder die jungfräuliche Mutter? Welcher Gedächtnis ist heiliger bei allen Frommen: das derer, welche eine ausgezeichnete Frömmigkeit und das Denkmal ihres Geistes und Lebens der Liebe aller empfehlen, oder das der Katharina von Siena, welche Pius II. in die Zahl der Heiligen aufnahm, dem Orden und der Stadt zu Gefallen?

Pompilius. Da hast du ganz recht. Das erst ist der wahre Kultus, der freiwillig den des Himmels würdigen Verdiensten Verstorbener, deren Wohltaten stetsfort spürbar sind, erwiesen wird.

Brassicanus. Wie nun? Meinst du noch, der Tod dieses Mannes sei zu beweinen? Er hat lange gelebt, wenn das etwas bedeutet für das Glück des Menschen. Er hat unvergängliche Denkmäler seiner Tüchtigkeit hinterlassen. Durch Guttaten hat er seinen Namen der Unsterblichkeit geweiht. Jetzt genießt er frei von Unglück den Himmel und unterhält sich mit Hieronymus.

Pompilius. Aber er hat viel im Leben gelitten.

Brassicanus. Der heilige Hieronymus noch mehr. Es ist ein Glück, um der guten Sache willen von Seite der Schlechten dulden zu müssen.

Pompilius. Ich gebe das zu; um des besten willen hat Hieronymus von den schlechtesten Menschen viel leiden müssen.

Brassicanus. Ja, und was hat einst der Teufel durch die Schriftgelehrten und Pharisäer gegen unsern Herrn Jesus unternommen! Dasselbe tut er noch heute durch gewisse Pharisäer gerade gegen die besten, um das Menschengeschlecht durch ihre unermüdliche Tätigkeit hochverdienten Männer. Jetzt ist jenem die schönste Ernte beschieden aus dem Samen, den er ausgestreut hat. An uns aber ist es nunmehr, sein Andenken hochheilig zu halten, seinen Namen mit Lob zu preisen und wiederholentlich ihn mit Worten, wie diesen, zu grüßen: O heilige Seele, sei du gnädig den Zungen, sei gnädig denen, die die

Sprachen pflegen; behüte die heiligen Zungen und verdirb die bösen, die vom Gift der Hölle angesteckt sind.

Pompilius. So will ich's halten und will fleißig den anderen predigen, daß sie's auch so halten. Und ich zweifle nicht daran, daß viele ein kleines Gebet, wie das so Sitte ist, wünschen, womit sie das Andenken dieses heiligen Mannes ehren.

Brassicanus. Du meinst eins von dieser Art, die sie Kollekte nennen?

Pompilius. Ja.

Brassicanus. Ein solches habe ich mir vor Reuchlins Tod noch zurecht gemacht.

Pompilius. Bitte, sag es her!

Brassicanus. Gott, der Du das Menschengeschlecht liebst, der Du die Gabe der Zungen, womit Du einst Deine Apostel zur Verkündigung des Evangeliums durch Deinen heiligen Geist ausgerüstet, durch Deinen erwählten Diener Johannes Reuchlin der Welt erneuert hast, gib, daß alle in allen Zungen überall die Ehre Deines Sohnes Jesu verkünden, und verwirre die Zungen der falschen Apostel, die unter sich verschworen an dem gottlosen Turm von Babel bauen und damit Deine Ehre zu verdunkeln suchen, während sie die ihrige zu erheben trachten, obschon Dir allein alle Ehre gebührt, samt Jesu, Deinem Sohne, unserm Herrn, und dem heiligen Geiste von Ewigkeit zu Ewigkeit. Amen.

Pompilius. Fürwahr, das ist ein ebenso schönes als frommes Gebet. Ich will des Todes sein, wenn ich es nicht täglich hersagen werde. Und ich preise meine Begegnung mit dir, da ich eine so frohe Botschaft von dir empfangen habe.

Brassicanus. Genieße noch lange diese Freude und lebe wohl!

Pompilius. Das wünsch' ich auch dir.